慢崛起

钟二毛　著

宁波出版社
NINGBO PUBLISHING HOUSE

写在前面的话：一个平民子弟对这个时代和世界的观察

总觉得应该在这本书的最前面补充几句。

这本书不是文学书，也不是高深的“为人处事书”，更不是讲成功学的书。这本书是我作为一个平民子弟，对这个时代、这个世界的观察和思考。

是的，我是一个彻彻底底的平民子弟。1976 年，我出生于湖南的一个农村。我常常想起 1995 年的夏天。那年 7 月，我收到了大学录取通知书。那时候，有个词叫“鲤鱼跳‘农’门”。我的人生在那个夏天拐了个弯。我有时候会想，如果没有考上大学，我应该和中国绝大部分的农村子弟一样，加入 20 世纪 90 年代的打工潮，背着当时流行的蓝色牛仔帆布包，春节一过，大年初四初五，就挤上卧铺客车，出发前往珠三角的深圳、东莞、广州、珠海等地的大小工厂，穿着统一的衣服，坐在机器轰鸣的流水线上做着玩具、皮鞋、电子产品……一定会是这样的，不会例外。

在这样的境遇中，我还会写作吗？我想，应该不会写了吧。不出意外，二十三四岁我就会成家、有娃。说不好，娃倒可能开始写诗了。这不是玩笑。

感念命运眷顾之余，我又庆幸自己有“写作”这么一个小爱好，并且莫名其妙地坚持着。

1995 年 9 月，到北京上大学的第一天，我就深深感觉到自己和很多同学之间是存在差距的。这个差距主要体现在见识上。我一个乡下娃，见识何其短浅，连公共汽车都是第一次见。在老家，坐客车到县城，都是招手停。可北京的公共汽车是按站停的，多不方便！我当时就是这么想的。呵呵。见识短浅、“输在起跑线上”还不算，我还厌学：我大学读的是法律专业，可我偏偏对它没有多大兴趣！

用最近的流行语说，我有很强的“求生欲”。怎么办呢？总不可能从此破罐子破摔、心甘情愿地默默无闻吧。这不是我的家教，也不是我的性格。

写作满足了我的“求生欲”，“东边不亮西边亮”。西边亮，我添油加柴，让它更亮。于是，在保证每门功课不挂科的基础上，我专心写作、发表。一个法律系的学生，成天写跟专业无关的文章，到处投稿，关键投了也白投：没有人采用我的稿件。我收到了一些嘲笑。

好在古人没有骗我，“功夫不负有心人”还真的存在。大二暑假开始，我在全国各地的报刊上陆续发表文章，还成了北京一家新闻周刊的特约记者，一篇三千字的稿件可以拿到稿费 240 元。那年月，一个月的生活费是 300 元。从此我再也不需要父母每月寄钱。

因为写作，以及各种阴差阳错的机缘，1999 年的那个夏天，我成了一名警察：穿着制服，坐在电脑前，任“文秘”一职，写了两年半的领导讲话稿和各色公文。又是因为写作，我当上了深圳某主流大报的新闻记者。仍因为写作，我在报道各路新闻之余，开始了更严格意义上的文学创作——写小说。2005 年，29 岁的我，第一次看到自己在电脑上敲下的长篇小说变成铅字、变成一本书，拿到样书的那个中午，我感觉走路都在飘。随后，小说在书城里售卖，内心的满足和虚荣至今难忘。

写作越来越顺，这不是个好事。太顺了，意味着进步停止和趋于雷同。2016 年，我给写作的热情做了个冷处理：我去北京电影学院导演系学了一年电影。学电影的目的是，幻想有朝一日能用画面传播自己的文字。

2016 年 9 月，我正好 40 岁。40 岁的人，有家有口，离开家，和一帮二十啷当岁或者三十出头的人坐在一个教室里，上课听讲、讨论，说出去挺酷，其实仔细想想挺不靠谱，也挺不负责。但我就是做了。2017 年春天，我完成了自编自导的电影处女作《死鬼的微笑》。这个处女作，没有出乎我的预料，在国外几个电影节上获了奖。

接下来呢？继续写作，找机会拍新的电影。拍电影要花很多钱，从某个角度看，其难度要比写小说大无数倍，我一个“菜鸟”会有机会吗？这个问题，我心里清楚：会有机会。如果，继续追问：机会在哪里？我会说：不知道。

这就是我的“故事梗概”或者说“大事年表”，从十八九岁至人到四十。

向各位汇报完我的履历之后，我必须要说：没有说的，远比已经说了的精彩。

哪些东西是没有说的？那就是我——一个平民子弟、一个曾经的警察、一个走街串巷十几年的新闻记者、一个对周遭充满敏感与好奇的作家、一个有娃的中年男、一个读书人——对这个时代和世界的观察。

嗯，这些观察和思考最后的结晶，就是你此刻手里拿到的这本书。

说大一点，这本书要讲的是社会的变化、人的变化，以及变化背后的不变和永恒；说小一点，这本书是在讲我们该如何认清这个时代的本质、世界的本质、人的本质、人心的本质、人性的本质，从而找到和这个变幻莫测的时代、残酷的世界、丰富复杂的人群和平相处，并不断精进的态度与方法。当然，如何跟我们自己相处，如何跟时间相处，如何跟孤独相处， 也是这本书里最后一个重点。

不再具体展开，是因为目录已经写得很清楚。

哦，对了，这本书里，有很多很多故事，除了古人的故事，大部分都是来自身边人的故事。愿你能读到自己的故事，读出自己有过或者正在经历的困扰，愿你能在我“开门见山”和“简单粗暴”的点评里有所收获、顿悟。如果这本书还能让你在生活中有所改变，变得更好、更强大、更干净利落，那就太好了。

再次感谢你读我的书。

钟二毛

2018 年 10 月 15 日，深圳

目录

第二辑　慢崛起：把时间花在自己身上，稳步成长

第三辑 生活智慧：大闹一场，静静离去

第一辑

刷新认知：认清时代本质，再谈个人崛起

认清时代本质，再谈个人崛起

2017 年 12 月 31 日，我在深圳世家书院做了一个演讲，以下是我演讲的主要内容：

我们这帮“人家有背景我们只有背影”的人，在这个时代应该如何成长，如何找到自己？

中国有个成语叫“审时度势”，这个“时”就是时局、时代。我们首先要认清我们这个时代的特征和本质。

一、这个时代的特征和本质是什么

1. 要么做巨头，要么小而美

BAT（百度、阿里巴巴、腾讯）就是巨头。你要找的信息，在百度那里。你想做的事，在阿里巴巴那里。你想找的人，在腾讯那里。

《罗辑思维》、Papi 酱就是小而美，都是基于 BAT 做出的产品或者个人。

要么大，要么小，没有不大不小。要么第一，顶多第二，第三必死。你看即时通信工具，除了微信，就是QQ，其他都不行。

2. 这是一个无时无刻不在强调“我”的时代

“单位”这个概念逐渐消失。未来，“公司”这个概念也会慢慢消失。

三十年前，大家问：“你在哪个单位？”十年前，大家问：“你在哪个公司？”现在和未来，大家问：“你在做什么？”

强调的是“你”。

你，就是一个公司。

我们经常说：“因为跟你熟，所以我买了你的保险。”你看，这单业务跟你所在的保险公司没关系，而是因为我信任你、愿意帮衬你。

我们经常说：“因为相信你的能力，我才把东西交给你设计。”你看，这单业务跟你所在的设计公司没关系。是因为你有才，我喜欢你以前设计的东西。

北上广深有很多“创客空间”，每个人租一个工位，就是自己的办公室，就是自己的公司所在地——端倪已现。

佛系，也是在强调“我”：“我”没关系、“我”都可以、“我”无所谓。

小确幸，也是在强调“我”：“我”只要小小的确定的幸福。

我们只关注“我”。

3. 这是一个大众偶像倒掉的时代

九十年代，香港“四大天王”风靡全中国。“郭富城头”，是个男人都剪。

1997 年，任贤齐一首《心太软》唱遍每个角落。

后来，周杰伦也差不多算全民偶像。

最近十年呢？有哪首歌唱遍大江南北？有哪个歌星是全民偶像？

芒果台《我是歌手》让赵雷和《成都》貌似火了一阵，然后呢？

4. 现在是一个“未来已来”的时代

讲讲我在传统媒体待了十几年的体会：2000 年初，中国门户网站三巨头新浪、搜狐、网易一统江湖，传统媒体觉得所谓网络冲击不过如此；奥运会之后，微博出现，“人人都是记者”，传统媒体依然觉得网络冲击不过如此；2013 年微信公众号出现，每个公众号就是一份日报，传统媒体依然觉得不过如此。我记得很清楚，2013 年夏天，我在报社部门周会里说，要重视微信公众号这玩意儿，这玩意儿有头条、二条，一直到八条，可以是文字、图片、声音、视频，它就是一份报纸、一本杂志、一个电视台呀。当时一个女同事第一句话就是：它们的文章都不是原创的，能有生命力吗？这话对不对？对，又不对。但我想说的是，这种口气太傲慢了。结果如何？报纸一家家地关门了。从某种层面上说，传统媒体是真的死了。

古代交通靠马车，后来靠蒸汽机、绿皮车。现在呢？高铁。今天现场有好几位朋友是从广州过来的，吃了午饭坐个高铁不到一个小时就到了深圳，换到古代你坐马车试试。时代进步速度太快了！

英语语法有过去时、现在时、将来时。但你的认知里，不能有将来时。因为现在已经是一个“未来已来”的时代。

“机器人时代”，多高大上的一个词！很多人觉得不要急，没那么快到来。No！已经到来。咱们深圳的无人驾驶公交车已经在福田保税区试运行了。

5. 这不是一个“乱世出英雄”的时代

现在社会“秩序森严”——今天不吐槽，别过多联想。我说的“秩序森严”是指法律日趋完善、健全，人的法治观念也日趋完善、健全。

“乱世出英雄”。现在不是乱世，浑水摸鱼这一套行不通了。因为水清了，规则越来越透明。这一点认知很重要。因为中国人骨子里没有遵守规则的习惯，排个队都想插队。而且，亲朋好友还觉得他能插队很牛。

二、这个时代，留给平民子弟的唯一机会是什么

答案是：零成本唱戏。

对于平民子弟来说，在这个时代想要彰显自己的价值，通俗点说“要成功”，越来越难。因为巨头已经卡住了所有出口，普通人很难冲出去。再做一个阿里巴巴、腾讯、百度？不可能。

这是坏消息，但也是好消息。好消息就是，巨头为我们铺好了戏台，我们要做的就是化妆，登台，唱戏。看谁唱得好，然后照亮戏台，实现个人崛起。

这个时代，留给平民子弟的最大机会就是：零成本唱戏。

三、平民子弟如何正确地个人崛起

1. 强烈认知到“我”就是一个品牌，挖掘自身的品牌价值

你是谁？你最拿手的东西是什么？

这个“最”就是你的品牌，就是你的价值。

知道自己的“最”是什么后，拼命突出，让人知道你的“最”。

同时，时刻注意维护自己的品牌。打个不恰当的比方：你最“暖男”，你就别做渣事；你是文案专家，下雪了，你发的朋友圈就不要写“啊，雪啊，你好美啊”，你见到了钟二毛，发朋友圈就不要写“啊，钟老师，你好帅好有才啊”，而应该别出心裁。

哪怕你在公司里打工，也要认识到自己是一个品牌。老板才会觉得你有特点、无可替代。客户才会记住你。

2. 深挖洞，让自己成为某一个领域的专家

洞怎么挖？如何成为专家？

非常简单。你想成为某一个领域的专家，到网上买 15 本书回来，

读完，然后用自己的语言总结出一套东西，你就是专家。虽然不是学术上的专家，但可以唬住一般受众。再找个平台包装下，你这个专家就可以到网上卖课了。这是很多大咖的秘密，他们一年收入上百万、几百万。他们不会告诉你的秘密，我今天给你点破了。

15 本书能花几个钱！这是最便宜的成为专家的方式。但是，有几个人会去做呢？这是一个问题。

方法知道了，要去做！

洞不挖，它会存在吗？除非地震。

3. 慢慢崛起，静静崛起，才是真崛起

很多所谓的大咖一讲个人崛起，就强调速度：一夜成名、一夜暴富。我今天把窗户纸捅破了，那都是骗人的，都是成功学的套路。我不提倡。

崛起得快，倒得也快。因为你的知识结构是拼凑起来的，凭借的是流行语、噱头。

一旦认清自己的“最”，也就是自己的品牌价值后，不如慢慢积累。深挖洞，还要广积粮，朝着你的领域专注下去。花时间、花精力，没事就去琢磨它。跟男女感情一样，细水长流，赢得一个人的喜欢，恋爱、结婚都会自然而然到来。

4. 跨界不是叫你频繁跳槽，跨界的目的是“加持”

好多人对跨界、“斜杠”都理解错了。跨界不是让你频频跳槽、

换行业，而是让你用多领域的知识武装自己，让你在自己的领域里具有差异性、独特性和不可取代性。

好多人对马云说的“未来有创意的人才能活下来（大意）”这句话也理解错了。他不是让每个人去干创意类的工作，不是让每个人去当艺术家，而是让每个人要有创意，有想象力，有审美能力，这样才能不被机器人干掉。

5. 与趋势为敌不可怕，与自己为敌才可怕

趋势是什么呢？用最时髦的话说，趋势就是大数据。用土一点的话说，趋势就是风潮：比如现在人人必说的创业、互联网 +。但很多人，包括很多顶级的聪明人，都忘记了两点：一，趋势具有波动性；二，抓住趋势所需条件，天时地利人和，少一样都不可。

你的志向、理想、性情、兴趣，跟这一波趋势正好匹配，你追上去、迎上去，恭喜你，这是好事一件。否则，人生的小船说翻就翻。趋势越是强烈，你越要稳住！尊重自己，从自己内心出发。这样一来，你自己就是趋势。

6. 刷新一个认知：做事求人、找关系的时代已经过去

很多 70 后、80 初的朋友有一个陋习：做事，必须求人、找关系。这跟出生背景有关。

但是现在，成大事，不一定非得有人脉。因为我们主要是跟机器、网

络发生关系。我在这里直播，不需要认识平台的人，只要注册、发起话题就可以了。我有十万粉丝，让大家帮我传播，我也不需要平台给我开后门。

话题又回到起点，唱好戏，有人看你几眼：哦，钟二毛这厮，光头、“浮南（湖南）”普通话，但唱的还行，下次他再唱，咱们再听听看。

四、新时代，女性要刷新的重要认知是什么

男人注定是靠不住的。

这个“靠不住”不是道德意义上的“靠不住”，别理解错了。

那是什么意思？社会从冷兵器时代，历经热兵器、蒸汽机、互联网时代，社会结构和男女关系已经发生巨大改变，分工越来越细，男人和女人的社会差异越来越模糊，男人越来越难靠住。在智能机器人的时代，人人都是“无用阶层”。

每个女生应该要有这个认知。男人靠不住，怎么办？靠天靠地不如靠自己，你独立强大、自信满满，地球和男人都跟着你转。

结束语

我今天的演讲就是这样。2018 马上杀到，最后送大家一句庄子的话：“虚则静，静则动，动则得矣。”概括成一个词就是“虚静则得”。

大家明白了这个时代的特征和本质后，不妨好好想想自己身上有什么“最”的地方，然后挖掘自己、打造个人的特色和品牌。不用一天到晚东奔西忙。安安静静把时间花在自己身上，花在一件事上，一定有效果。

时代变化莫测，认知亟待更新

1

昨天有人问："现在最热的人工智能知识，我要不要学习一下？"

我说："当然要。"

然后他又问："这个东西会不会是泡沫？"

我说："面对新生事物，你学了，你就是第一批进入这行业的人，你的身价会上涨。至于它是不是泡沫，关你何事？会耽误你拿工资吗？说句不好听的话，微信有一天没戏了，张小龙会找不到工作吗？他的身价只会越来越高，因为他在即时通信这方面是元老、先行者。"

后来，我又补充说："一个新东西出来，肯定有很多资本跟风、烧钱，这对进入这个行业的人是好事啊，这意味着工资高啊。等到泡沫破灭，留下有实力的公司。你呢，作为第一批吃螃蟹的人，如果你有点料，学了真东西，在这个行业你就是大咖、教父啊。是不是便宜占尽？"

2

各位，时代变了。

以前，我们会崇拜有经验的人，“哇，那可是我们厂里的老师傅”“哇，他老有经验了，听他的没错”。你知道吗，二十世纪五六十年代，全国劳模都是什么“一抓准”“一口清”。啥意思？你百度下“张秉贵”：北京市百货大楼糖果柜台售货员张秉贵，练就了令人称奇的“一抓准”“一口清”技艺。所谓“一抓准”，就是指张秉贵一把就能抓准分量，顾客要半斤，他一手便能抓出5两；“一口清”则是他非常神奇的快速算账速度。

现在呢？

一、经验不值钱了。现在行业变化太快，技术更新太快，今天你是师父，过两天你又变成徒弟了。

二、干一行爱一行？听上去很美。关键是没有哪个老板、哪个行业会让你永远干下去啊。

这不是坏消息。相反，对于平民子弟来说，时代越是变化莫测，越是利好消息。因为这样才有机会。不然，风平浪静的，龙生龙，凤生凤，老鼠的儿子会打洞，哪有你冒出来的机会？所以我说，我爱这变化莫测的时代。

3

怎么办？

第一，更新认知。

从整体上看，大多数人的智商，其实是差不多的，马云不会比你聪明很多，街上乞丐也不会比你笨多少。

但是为什么人和人还是有区别呢？

看认知。

如果你的认知如下：

“哎呀，我都一把年纪了，还学什么呀，学得进吗？”

“哎呀，我都当老板了，还学什么呀，让手下去学就可以了。”

“哎呀，我好忙呀，以后再学吧。”

“哎呀，我这老本还可以吃很多年，到时候再说吧。”

“哎呀，我这个行业比较传统，没那么容易受冲击，不着急。”

“哎呀，我一名牌大学毕业生，还怕啥呀？”

那么，你就注定要交“认知税”。这个“认知税”，昂贵起来，会让你破产、出局。别小瞧了。

第二，保持随时可以启动出发的“学习力”。

什么是“学习力”？

学习新东西的能力。

“学习力”就是打开身心，不作茧自缚，利用一切可以利用的时间、精力去拥抱新事物，保持与时代共振的能力。

有人说：哇，学学学，这日子得多累啊。

累吗？对于很多人来说，这可是人生乐趣。

走出舒适区，不做“老司机”

新年伊始，很多朋友开始纠结一个问题：

跳槽，还是继续窝在老地方？转型迎接挑战，还是日复一日重复昨天的故事？

在讲这个问题之前，我想讲讲春节时读的一本书：《未来简史》。这本书的作者赫拉利预测，以人工智能为代表的科学技术发展日益成熟后，未来大部分人将失去价值，机器将取代人承担更多的工作。如果说工业革命带来了无产阶级，那么人工智能革命将带来一个新阶层：无用阶层。

这样的预测是否百分百准确，我们暂且不说。但未来时代，很多饭碗被机器人抢走，这是铁定的，甚至是已经看得到的事实。没有人愿意失业，那么，如何尽可能不被机器人抢走饭碗，这里必须要有一个认知：

千万别再迷信经验。

职场中，最危险的人是谁？就是那些拥有五年、十年，甚至更多年经验的“老司机”。干起工作来，他们胸有成竹，轻车熟路，很少出错。古典工业时代（我创造了这个词），这样的人是人才；但到了今天，不好意思，这样的人是庸才。今天是一个“体验经济”的时代，产品除了标准化，更多需要个性化。标准不是第一位的，创新更重要。因此，“有经验”未必是职场制胜法宝。

现实中，很多招聘启事已经不再写明必须要有多少年从业经验，取而代之的是“兴趣”和“热情”。为何？因为经验不值钱了。

经验为什么不值钱？很容易理解。一个开了20年出租车的司机，在驾驶这个领域够有经验吧，但他能够开赛车、拿名次吗？未必。但是一个18岁的小伙子，在专业赛车教练指导下学习一年，不仅可以开出租车，还可以参加方程式拉力赛。再说一个，我们每个人每天都在用电脑打字，但是和速记员比一比，我们的经验根本不值一提。

在一个信息极大公开的共享时代，“有经验”的下场就是：很容易被超越，很快地被取代。

这还算好的。更糟糕的是，有时候，“有经验”完全就是一场灾难。举个我自己的例子：我在传统媒体（报纸）干了整整15年，传统媒体日落西山后，很多干编辑、记者的同事（他们有个美誉叫“老编”“老记”）跳槽了、创业了，去的行业比较对口，要么是新媒体，要么是公关、策划一类，总之就是靠笔杆子吃饭。起初，他们是有信心的。写文章、策划新闻，他们多老道、多有经验啊。然而事实呢？完全不是那么回事。传统媒体人写的文章，放到新媒体，风格格格不入。所谓的策划，放到市场里，幼稚得不行。但是传统媒体人高高在上惯了，架子放不下，心态放不平，而且所谓的“经验”就是故步自封、吃老本，最后的结果——用北京话说就是一个词：拧巴。这也是很多精英媒体人离职后创业失败居多的一个重要原因。

喏，说到这里，你应该为你的经验捏一把汗了。时代在巨变，这是没有办法的事。你唯一要做的就是，克服人人皆有的“害怕变化”的弱点，远离舒适区，不作茧自缚，打开视野，投入学习。这个学习更多的是一种专业的训练。很多人知道有个理论叫“10000小时定律”，就是讲某个领域的专家和普通人之间只差了10000个小时的学习。但大家理解的未必准确。这10000个小时不是走马观花，而是钻研。钻研意味着专注，刻苦，多请教专业人士。

经验不值钱，那什么东西值钱呢？这是第二个问题。我的答案是：认知。

我讲个之前很火的摩拜单车创始人的故事：摩拜单车的创始人叫胡玮炜，她是一位汽车科技领域的记者，做了将近十年。2014年，几个设计师和投资人一起聊天，谈起“共享单车”这个话题。这也就是一次普通的聊天，但胡玮炜听了后“有一种被击中的感觉”，然后立即做了这个项目，并一步步被很多投资大佬看中。

这个故事给我的启发是什么？胡玮炜的认知比别人领先了一步。

接下来，她踏实去做了，成了。

很多人可能会说，胡玮炜能有这个认知，是因为她做过近十年的汽车科技领域记者。这话没错。但是做过近十年的汽车科技领域记者的人肯定不止胡玮炜一个吧。

很多人之所以成功，都是靠认知。马云做阿里巴巴、淘宝，马化腾做聊天工具，刚开始的时候，多少人不理解：砸那么多钱进去，做一个免费的产品给大家用，啥意思？等你明白过来，晚了。这就是超前认知的厉害。

这是一个在很多方面认知大于经验的时代。在互联网出现之前，如果你认知到了，却没有人脉关系，实现起来很困难。现在呢，信息、渠道、人才全打通了，有想法，就有可能实现。

如何提高自己的认知能力？还是那句话，走出舒适区，放弃“老司机”的思维定式，眼观六路耳听八方，好好学习，天天向上。

你是“知道分子”吗？

有一次我坐出租车，司机正在收听一档知识竞赛节目。节目中，主持人放了5个音乐片段，每个片段几秒钟，随后提问：这5个音乐片段，有2个片段属于同一首歌，你们谁知道？一个小伙子抢答说他知道，并且回答正确。

紧接着第二个问题是：其中有2首歌出自同一张音乐专辑，你知道吗？这时我紧张了，我怕他知道。他不知道，说明他还是正常人，如果他知道，他这一辈子可能就废了。没想到他真知道。这时我让司机把收音机关掉。司机吓一跳，问为什么？我说：“它在侮辱我们的智商，并且在误导我们生命的流向。”

以上这个故事，是从国内学者鲍鹏山先生那里听来的。我印象深刻。

它讲的是无用的知识，以及生活中我们很多人，对这些无用知识的错误态度。比如，很多人关心某个明星喜欢的颜色是什么，星座是什么，结了几次婚，又离了几次婚。当一个人把精力花在这些地方时，他可能获得了信息，饭桌上闲聊时可能很受欢迎，但他会变得特别琐碎。

这是互联网时代的一个特点。互联网时代，最便宜的一件事，就是获得信息。互联网让我们感觉自己什么都知道，对什么都能谈出一大套东西，甚至看上去“干货满满”。

但这是一种灾难性的“自我感觉良好”。因为知道得越多，其实就是啥也不知道。

十多年前，资讯还没有那么发达的时候，有个词叫“知道分子”，多数指的是传统媒体记者。记者当然是“知道分子”，因为他每天采访不同的人，知道不同的事、不同的观点、不同的概念。但记者能干别的专业领域的事吗？难。为什么？因为他仅仅是“知道”。

知道，不代表专业。

时代发展到今天，我们每个人都是“知道分子”，比记者知道的还多。

前天，我在朋友圈分享过一个段落：

马尔库塞在《单向度的人》里表示单向度的工业社会具有“极权化”倾向。当人们使用着相同的网络，阅读着相同的头条新闻，因为相同的信息垃圾而消化不良，信息社会同样造就了无数“单向度的思想”与“标准化的人”。确切地说，不是“标准化的人”，而是“标准化的阅读器”。

我们都是“标准化的阅读器”，人人雷同。人人读着一样的热点新闻、一样的观点，谈出来的东西自然也大同小异，看似很接地气很热闹，其实都是一些情绪化的表达。我们极少独立思考。可是，你有没想过，人人雷同，知道得再多，又有什么用呢？又有什么值得炫耀的呢？这是死路一条。

你看，人人都听罗振宇的《罗辑思维》。请问有谁成了即插即用的“U 盘”？

为什么？因为知道的东西太多了，多得可以吹上三天三夜，这种感觉可以让人“自信”到天上去：不着急，不着急，我知道这么多，一切尽在我掌握，老子就等一个机会。

于是，很少人会找一条道路死磕下去。

于是，人人手里端着个十几块钱的网红奶茶，在人群中谈笑，把一天时间耗掉。第二天，继续重复。

没用的。不如知道得少一点，低头静静赶路。

低头赶路就是心无旁骛，一条道走到黑。

因为，目的地，一定是在道路的尽头。

“我月入三万，会少你一个鸡蛋？”

最近有句话蛮流行。在北京某黄金地段摊煎饼的大妈和一个顾客争辩煎饼里到底有没有加鸡蛋，煎饼大妈说：

“我月入三万，会少你一个鸡蛋？”

此事一经传播，很多写字楼里的白领们，即便吹着冰冷的空调，也觉得一身燥热。他们想着自己每天挤公交、倒地铁、打卡、加班、挨批评，收入居然不如一个摊煎饼的大妈，大有失落之感：读书没用啊。

这让我想起 20 世纪 90 年代初中国社会极度流行的一句话：

搞原子弹的不如卖茶叶蛋的。

这说的，都是“读书无用论”。

就我个人的观察，近几年，一方面，知识越来越值钱，人人都在谈知识变现；一方面，在民间，“读书无用论”却有死灰复燃之势。

“读书无用论”滋生，个中原因并不复杂，最主要的一点是大学教育普及化、平民化（这本来是好事，现在却好事变坏事，原因比较复杂，主观客观均有），说白点就是大学生不值钱了。平民子弟通过读大学，已经很难像过去那样“鲤鱼跳‘农’门”了。很多大学生毕业即失业。

而另外一个情况是，近些年，互联网深度融入中国百姓生活，一些不需要太多学历的服务业、新兴岗位，变得吃香。比如：快递员、送餐员、网约车司机。因为行业扩张、资本进入等复杂原因，从业者的收入颇为丰厚。你随便问一个送餐员，他就会告诉你："月收入至少七八千吧，勤快一点，一万没问题。"这让普遍月薪五六千、六七千的大学毕业生很受伤。读完书不但没有当官、发财，反而连只有初中文化的快递小哥、送餐小哥的收入都不如！

再加上媒体又特别爱报道这样的事情：某某大婶、大妈卖煎饼几年，在北京轻松买房买车。不信请百度下，网上有无数条类似新闻。这些耸人听闻的新闻，在朋友圈里动不动就刷屏、阅读量达"10万+"。

整天在写字楼里"吭哧吭哧"的大学毕业生、年轻白领，面对如此"内忧外患"，稍微不注意分析，就极容易陷入"读书无用"的自我怀疑。

这都是只看问题表面、不细究本质的后果。

第一，靠摊煎饼月入三万，五年在北京买房买车，是个案，而且是极少的个案。甚至有的个案还经不起推敲。别被媒体、自媒体忽悠了。

第二，送快递、送外卖随便搞搞七八千，这也未必长久。当年滴滴、优步刚出来的时候，各种烧钱、各种发补贴，第一批上路的专车司机也是随随便便就都收入过万，现在呢？市场格局一稳定，司机收入随即降下去。从市场规律的角度看，一个岗位的价格（薪水）还是要反映它的价值的，不可能一直离谱——这就是问题的本质。

第三，即便你羡慕，真叫你踩着三轮去送快递或者顶着烈日跑上跑下送快餐，你未必吃得消。相对于办公室工作，那些是苦力活，这是不争的事实。

说到这里，答案水落石出：你不是赚那个钱的料，与其羡慕、哀叹，不如干好自己的工作，月末多拿一点奖金，快一点提升职位。

这是一个认知。

再一个认知就是："读书无用"是一个错误观念。

你看看自己身边过得好的人，到底是没读书的多，还是读书的多，到底是没学历的多，还是有学历的多。一定是读书的多、有学历的多。你还可以了解下，在西方发达国家是不是同样如此：一定是读书的、有学历的，优于没读书的、没学历的。

看问题要想到概率学。

最后，你再问摊煎饼的大妈一个问题：摊煎饼这么赚钱，你会不会让你的孩子不读书，直接出来跟你摊煎饼？

看她怎么回答。

这个时代，我们要做孙悟空

这周，我一直在北京和天津两地跑。在北京，谈自己一心想拍的一个商业电影。在天津，参加《小说月报》第十七届百花文学奖。我的新书、长篇小说《完美策划》获得了这个重要的国内文学奖项。说重要，是因为这个奖，除了专家评定，还要读者投票认同。读者一票一票投出来的奖项，当然重要。

主办方让每个获奖者写一段自己的创作谈。我是这么写的：

我总在观察和思考时代的变化、生活方式的变化、人的变化、技术的变化和阅读的变化。

是的，无论时代怎么变化，读者依旧需要触动人心的文字，需要精彩的故事，但文字的阅读方式和传播方式已经发生改变。介质和传播方式的改变，会要求内容做出变化。这个变化或许是内容层面的，或许是形式层面的。没有任何东西，是可以一成不变的。一切坚固的东西，不说烟消云散，至少会有所变化。变化，是这个时代的关键词。

为此，这些年，我在创作小说尤其是长篇小说的时候，会更多思考一个问题：在保证思想性、艺术性的同时，能不能为更多读者提供更好的阅读体验，让大众喜欢并且主动分享？让自己在安静书房里写下的每一个文字和故事“走出去”，这是我的创作自觉。

这是我今天要讲的话题：这个时代，我们要做孙悟空，要会七十二变。

变化，是这个时代最大的关键词。别的行业，我不熟，我说说媒体行业。我毕业后在媒体行业做了15年。

2000年初，网站冒了出来，新浪、搜狐、网易三大门户网站一统江湖，传统媒体如报纸、电视台，也是正火的时候。传言来势汹汹的互联网不过如此，似乎没有动摇传统媒体的地位，大家继续“嗨皮”，高人一等的帽子戴得稳稳的。

到了2010年初，微博出现了，人人都可以即时发布信息，传统媒体开始慌了，但依然觉得瘦死的骆驼大过马，不着急，走一步看一步。而同时，微博干掉了网站，网站基本没人看了。

到了2012年，微信公众号出现了，然后到了2015年，传统媒体彻底歇菜了，它们根本认知不到何谓新媒体，等认知到了却又放不下身段、打不开思维。今天还有多少人看报纸、电视？传统媒体终于被时代淘汰。同时，微信基本上也把微博干掉了。

聚集了无数精英的传统媒体就是这么死掉的。其实，这也是很多人的缩影。这跟中国几千年的文化有关。中国人喜欢说这句话：到哪个山头唱哪个歌。

但我们可能需要拆掉这些古训、俚语带给我们的思维之墙。打开身心，全面感知时代的变化，然后好奇、了解、运用、跨界，让一切为我所用。否则，到了那个山头根本轮不到你唱歌。

越是成功人士，越应该要有这个认知。因为成功人士有优越感，觉得自己在某个领域非常牛，可以靠它吃一辈子的饭——想得太美了！

在智能时代，所谓经验，最不管用。

有的变化，很快，看得见，感知得到。有的变化，会很慢，甚至不容易察觉。这种变化更可怕。这更需要打开身心，眼观六路，让自己随时处于一种灵动的状态，静若处子，动若脱兔。

做事创业，远离熟人

周末，一位朋友加了我的私人微信，跟我谈他的 2018 宏伟大计：辞职、创业、开公司。

他要创什么业开什么公司，不需要谈。我想谈谈他的方法论。他说，他肯定能崛起，因为他这么多年积累了三千多位朋友，“都是熟人，有亲朋，有好友，有同学，有前同事，还有客户，都是知根知底。公司的第一批客户就是他们，大家一定会帮衬。”

我说：“你这么干，注定失败，干什么事千万别指望熟人。干传销的才会指望熟人，所谓‘杀熟’。”他蒙了：“三千多个熟人，现成的人脉都不用？”我说：“是的。”

——有熟人，好做事。各位，多少人都是这个思维啊！钟二毛告诉你：No！别指望熟人！

原因如下：

1. 这个世界上，有一个残酷定律：雪中送炭的人永远少于锦上添花的人。他是你的熟人，但未必会雪中送炭。你把一切想得太美好了。说得残忍一点，拉黑或者屏蔽你的第一批人，往往就是你的熟人。嘴上不说，但心里最看不起你的，往往也是你的熟人。

2.做熟人的生意，你就是再便宜，他都觉得你赚了他的钱。关键是，你还得跟他们说各种人情话，以及迎来送往、请客吃饭。花费的时间成本和心力成本，你计算过没有？

3.最关键的一点，你的第一目标是你的熟人，就注定了你的格局很小。你的规划、你的考量，对准的不是真正的市场，只是熟人们。如果熟人帮你，你会觉得自己好牛，然后很快会发现其实不是那么回事。如果熟人不帮你，你会一蹶不振，甚至开始怀疑人生。

别指望熟人！有本事，去征服陌生人吧。陌生人才是你真正的客户。搞定陌生人才是真本事。明不明白？

其实，“别指望熟人”还有更深一层意思，那就是创业也好，做事也好，别老想着在熟人面前嘚瑟，别老想着在熟人面前证明自己。这也是很多人最爱患的一个毛病。你越想在熟人面前证明自己，你越完蛋。

为什么？讲一个故事。

我十年前带过一个实习生，当然他现在已经是超级大老板了，有一次喝酒，他这么总结自己的创业历程：

第一年，当他辞去公务员去创业的时候，亲朋好友中，80%的人都认为他不可能成功，70%的人认为他可能被洗脑了；

第二年，当他小有成就开始租写字楼的时候，亲朋好友中，60%的人认为他不是有能力，只是运气好；

第三年，当他的公司步入正轨、大批招人的时候，亲朋好友中，50%的人认为他才刚刚开始，随时都可能会翻船；

第五年，当他买大房子、开豪车的时候，亲朋好友这才四处议论他，“这小子厉害”。

第六年开始，亲朋好友开始主动联系他，各种围着他转……

这是什么？人性。

他的总结是：干事、创业最好的办法就是远离熟人，甚至要屏蔽他们，尤其是初期。否则，人很容易被熟人影响到，甚至被熟人干掉：“试想一下，你的亲朋好友每次见到你，就跟你说‘小伙子，别冲动啊’‘小伙子，你这样行吗’，你，还有多少心情创业？不如远离他们，默默地干，干出名堂再说。”

这都是价值百万的过来人之言啊！

执行力！

1

有一阵子，朋友圈有篇文章蛮火，讲摩拜单车创始人胡玮炜卖掉摩拜套现15个亿，然后这篇文章说：你的同龄人，正在抛弃你。

你会发现，这篇文章里，全是各种焦虑：怎么办啊怎么办？

2

焦虑是全民心态。

这很正常。

不正常的是，焦虑之后呢？

大部分人还是老样子。

仅仅知道自己已经被胡玮炜抛弃，而已。

这就是为什么我们天天在看励志故事，但大部分人依旧过不好这一生。

大部分人都是临渊羡鱼，在岸上。

3

哪些人会成功呢？

或者说，那些“抛弃”了我们的人一般具有什么特点？

第一类，他们是冒险者。古人一句话说透了：富贵险中求。远的例子不说，就说这几年的，比如早期进入比特币圈的人就是冒险者，也是成功者。一切都是模糊地带，那正合适赌一把。

第二类，他们是“天选者”。二十世纪九十年代，股票刚出来的时候，国有单位的领导要挨家挨户动员职工购买股票，但是很多人不明白股票是啥玩意，有点文化的人只觉得“那可是资本主义的东西”。结果，很多党员、领导干部只好代替职工把分派的原始股买了，最后发了。这样的故事很多，比如征地拆迁让很多农民一夜之间成为千万富翁。

第三类，把握到时代发展趋势，站在风口上，并且飞了起来的人。摩拜单车创始人胡玮炜就是最好的例子。共享单车早就有了，政府“绿色出行工程”搞的就是共享单车，但是使用起来很麻烦。二维码开锁，让摩拜变得不一样。没有二维码支付，就没有摩拜。

4

看，第一类人要有勇气，因为冒险可能会丧命或者坐牢；第二类人呢，完全靠命，命里有就有没有就没有，一般人没机会。普通人最大的机会是当第三类人，判断趋势，站在风口上。但是也极少有人能成为胡玮炜，不是因为蠢，比胡玮炜聪明的人大把抓。

那又是为什么呢？

执行力！

讲一个有趣的故事。胡玮炜萌发做摩拜单车想法的时候，饭桌上，一个设计师说，简单啊，现在的技术完全可以做到扫扫二维码就开锁。胡玮炜说，那就OK，我来做。然而一桌上的人都是怎么说呢？算了算了，你还是别做了，在中国，你有多少车经得起偷！全是让她打退堂鼓的。胡玮炜还是做了，然后吸引了一圈投资，最后成了。

我为什么说焦虑没有用？

因为你只是那个站在岸上临渊羡鱼的人。

与其佛系，不如战斗！

都行。可以。没关系。听说90后流行“佛系”。二十几岁就“佛系”，你“佛系”个啥呢？所谓“佛系”，所谓“看淡一切”，说到底还是没料啊。

因为没料，所以自我安慰“一切随缘”。有料的人，天天都在往前冲：学习、上进、奋斗、赚钱、干大事……实现价值，为自己、为父母、为家人创造优越生活。有料的人，生活每天都在改变。只有没料的人，才会坐在小格子里，要死不活地说着轻飘飘的话：都行、随便、没关系、无所谓。

“佛系”的真相是：退而求其次。关键是，你都没前进过，怎么就直接退了？

“看淡一切”的真相是：不敢面对这残酷世界。所以，除了淡，你也没有什么东西可看的。

一声叹息。

要知道，人活在世界当中，世界有它的自然规律。所谓“什么年纪做什么事”。0岁到10岁，天真无邪；10岁到20岁，纯真少年；20岁到30岁，青春无敌；30岁到40岁，成家立业……二十多岁，当青春无敌、阳光朝气！二十多岁，要有年少轻狂的劲头，要有“少年强则国强”的豪气！二十多岁，身强体壮，精力充沛，你不冲出去，待到何时？

哪怕现在已经“阶层固化”，平民子弟的上升空间越来越窄，哪怕人家有背景你只有背影，也不能用“佛系”来自我麻醉！对每一个个体来说，没有任何一个时代是绝对好的时代，也没有任何一个时代是出奇坏的时代。你不冲，你“佛系”，你的阶层就永远只能固化在底层。唯有昂扬奋起、胸怀大志，去拼搏，去争取，才能打碎固化的阶层！

别当鸵鸟，别让一些流行话题给毒害了！人家自媒体制造一个话题，是为了营销，为了点击量，为了赚钱，你还真当真了？！

在这个时代，千万别装有钱人

今天跟大家聊一个话题：名牌商品。

很多人追名牌商品，这一点也不可耻。第一，名牌本身就有很大一部分是“品牌溢价”。它的价格里，有很大一部分是广告费。商品价值加上品牌价值，也就差不多等于价格。第二，名牌商品，确实能让人开心和自信。就好像小时候，过年了，穿一件新衣服，一天心情都是愉悦的。用我们湖南土话说就是“一天都是卵跳卵跳的”。拥有名牌让人自信，也很容易理解。参加社交活动，穿一身名牌，背一个名牌包，戴一块名牌手表，走起路来都带三级台风。男人说话响亮了，看女孩的眼神都有力很多。很多 90 后不知道，早年在夜总会里，男人一坐上吧台，第一件事是把宝马车钥匙摆在桌面上。女人呢，一举手一投足，随意之中露出的低调的奢华，简直堪比《罗马假日》里的女主角。第三，名牌商品，还可以当藏品，可以升值。能达到这个境界的人少，这里我就不写太多了。

有钱当然可买名牌商品，感受它们带给人生的独特享受。但是，我这里要讲另外一个事：十年前，我带过一个实习生，现在也三十而立了。我发现一点，他喜欢给自己配一身的名牌。男人的名牌装备首先是车：宝马车；衣服：爱马仕，连裤腰带标志都是一把梯子——“H”；加上一丝不苟的发型，那整个人一亮相，精英范儿十足，有钱，绝对的有钱人。

可我晓得他的底细。他是平民子弟，不是官二代、富二代。他的“装备”都靠借贷得来。同时，他是创业者，但经营的业务却毫无特色。他为什么要假装有钱人呢？很简单，为了装点门面，在“硬件”上达到标配，给自己一个进入某个圈子或者接近某个人的契机，以期待生意伙伴、投资人看得上他，视他为同路人，从而有机会合作、获得“天使轮”投资。

然后呢？当然没有然后。

这里有一个重要的认知，我要讲给大家听：到了今天这个时代，不要再装有钱人。

为什么？

因为装有钱人不管用了。

为什么装有钱人不管用了呢？

因为装有钱人的难度大大降低了。

你看啊，要装有钱人，开宝马、奔驰很有用吧。十年前、十五年前、二十年前，宝马、奔驰对于普通人来说是很贵的，动不动就几十万接近一百万。现在呢，宝马和奔驰车的品种丰富了，有了高中低几个档次，因为中外合资，价格降下来了。现在二十万、三十万一样可以买到宝马，甚至是进口车型。另外，你还可以分期付款呢。至于名牌服装、包，非要装起来，更是小 case……

今天，你在马路上能看到多少宝马、奔驰？你会觉得这些车主就是有钱人、精英、大 boss 吗？背 LV 包的，就更不用说了，你会 45 度角仰望背 LV 包的人吗？

装有钱人这招，很难再给自己带来好处了。职场升迁、事业合作，甚至是朋友相处，早已不再是“人靠衣装马靠鞍”了，甚至会起反作用：一身闪亮的名牌，这人得有多虚荣？谁愿意跟虚荣的人共事？那该多危险多不靠谱啊。

所以，别再装了。你的生意伙伴、投资人、贵人，甚至和你一起平等交流的人，不会觉得你开个“别摸我（BMW，宝马）”就有多了不起。最新的新闻是，宝马都可以扫码共享了。你还拽什么拽？是的，现在是这么个时代。相反，如果你跟美国做“脸书”那哥们一样——一天到晚、一年四季都是一条臭烘烘的牛仔裤，一件灰色半截袖，可能反而会得到机会。当然，前提是你有料。

如果你没钱，就别装有钱人。把省衣节食、或借或贷装有钱人的那部分花销，用在刀刃上，比如投资自己、投资事业，可能更好一点。

与趋势为敌不可怕，与自己为敌才可怕

高考一过，我就接到两个朋友关于该填报什么专业的询问：未来什么专业容易就业、什么职业会吃香？大家都想把握所谓的“趋势”。

关于“趋势”，讲两个故事，都是身边人的故事。

第一个故事，关于创业。

很多年前，在我的读书会上，我认识了一个IT男，对他印象挺好的。他内向、话不多，搞活动的时候默默干活，还特别细心；其实挺有才，但不善于表达和表现；真诚仗义，自然人缘也不错。他在一个大型通信公司做程序员，收入也不低。对这份工作，他自己也很热爱、很专注。故事的转折发生在去年他结婚之后。他投入了创业、开公司的大潮。“是因为有了家庭、生活压力大吗？”我问他。他说不是，凭他两口子的收入，压力大不到哪里去。那是为什么？他说，感觉创业是个大趋势，不搭上这班车担心自己错过了。创业当然没有错。但我担心他的个性未必适合创业。果然，他做得很不顺利。西装革履去谈生意、应酬、融资，根本就不适合他。微信朋友圈里天天看到谁谁谁融了几千万，谁谁谁登上新三板在证券交易所里敲响上市钟声，到自己这里，根本不是这么回事。故事的最后，这位IT男把几年积蓄都搭进公司里了，却还落了个坏名声：天天给人讲故事、画大饼，根本就是一个空中楼阁。

第二个故事，关于“互联网+”。

我是湖南人。湖南人早餐爱吃米粉。恰好楼下有一家米粉店，老板兼大厨是从长沙过来的，味道正宗，生意不错。老板是个80后，虽然没有读大学，但比一般人聪明。生意做得好好的，突然有一天他跟我说，他也要学习“雕爷牛腩”，还有那个卖螺蛳粉的谁谁谁，把生意做到网上去。有一天，他很“专业”地对我说，他这叫“互联网+”，时代的潮流。于是，他花了很多时间、精力去琢磨、学习、模仿如何“互联网+”，一会儿注册微博，一会儿开通微信公众号，一会儿整了个淘宝，一会儿餐桌上贴满了二维码。等这些东西+完后，店里生意淡下来了。为何？大厨不在厨房，端出来的味道不正宗了。食客的嘴刁得很，选别家去了。等他反应过来，要把熟客拉回来，哪有那么容易！

有一句话很流行，流行到简直是真理。这句话叫：永远不要跟趋势为敌。

趋势是什么呢？用最时髦的话说，趋势就是大数据。用土一点的话说，趋势就是风潮。比如现在人人必说的创业、“互联网+”。

但很多人，包括很多顶级聪明人，都忘记了两点：

一、趋势具有波动性。

二、抓住趋势需要前提条件。

什么意思？趋势不是永恒的，趋势也是一阵一阵的。风潮，往往就是一阵风。同时，能抓住趋势的人，天时地利人和，少一样都不可。不是每个人都能抓住并驾驭趋势。雷军说："猪站在风口上，都可以飞。"问题是，这只猪站在风口之前，曾经经过多少魔鬼训练。这些，猪告诉你了吗？没有。所以，很多"跟风猪"，飞到空中以后，啪，摔了下来。

这样的例子还少吗？大家发现没有，这些年，做企业的都爱谈"平台"：我要打造一个专业平台，让大家在我的平台上交易，就像淘宝那样，然后我来收租，云云。老兄，现在你还在做平台吗？小心怎么死的都不知道。现在大家开始谈"内容"。于是很多"平台"掉头转向"内容创业"。"内容"需要真材实料，那么容易做吗？必定会有一大批人"死"在"内容创业"的道路上。

这跟当年大学报考专业一个道理。高考的时候，外贸专业正热，你扑上去，等你毕业了，嘿嘿，不好意思，外贸出口萎缩了，大家都炒股了。那你报考金融、证券专业呢？四年毕业后，嘿嘿，牛市转熊市，证券营业厅里门可罗雀。

不要一时兴起，头脑发热。一定要记住，趋势有波动性。相反，人的个性波动性小，相对平稳。江山易改本性难移，你是什么样的人，你的个性适合什么、不适合什么，是基本定了的。你的志向、理想、性情、兴趣，也是基本定了的。

你的志向、理想、性情、兴趣，跟这一波趋势正符合、匹配，你追上去、迎上去，恭喜你，好事一件；否则，你要警惕，不是友谊的小船说翻就翻，而是人生的小船说翻就翻。

所以我说，与趋势为敌不可怕，与自己为敌才可怕。

趋势越是强烈，你越要稳住！尊重自己，从自己内心出发。这样，你自己就是趋势。

在高度互联时代，如何保持清醒

我们经常说，这是一个高度互联的时代。这个高度互联，表现在三方面：

第一，人和信息轻松互联。百度一下，再冷的知识都有。

第二，人和物轻松互联。还有什么东西不能在淘宝上找到？

第三，人和人也轻松互联。以前要找一个名师，你要登门拜访，或者托很多人才能要到他的地址、电话，现在呢，只要是名人，微博上搜索一下基本上都能找到他的账号、工作室、粉丝团、经纪人，你可以给他留下评论，甚至发送私信。

按理说，高度互联时代，人接收的信息更广，看的事情更多，懂的知识更多，眼界更高，心胸（宽容度或者兼容度）也会更宽广。阅人无数嘛。

可事实上呢？人变得越来越狭隘！

你看，大到网络论战，小到朋友、同事之间讨论问题，大家都是“我是对的，你跟我不同，那么，没啥好说的，你是错的，你是敌方”这样的态度。

记得有一年在香港书展，听龙应台说过这么一句话：“这个时代需要倾听。”什么意思？就是说这是一个不会、不愿意倾听的时代。不但不会、不愿意倾听，有时候我们连自己在说什么都不知道、不确定。

人人都在表达，巴拉巴拉巴拉巴拉……可你在说什么，有人听吗？你自己知道你在说什么吗？

这是这个时代的吊诡之处。这个吊诡导致的结果是，人变傻了。总认为自己是对的，跟自己持不同意见的，就是错的、敌对的，这样的人，不是傻子吗？不知道天地之广阔、世界之多元与复杂，这样的人，不是傻子吗？没有包容心，不站在对方角度思考，从不说“嗯，你说的也有道理”，这样的人，不是傻子吗？

未来，会诞生越来越多、越来越多的傻子！

为什么？因为智能时代的全面到来。

说具体点，我们每个人都有体会：你到一些App上点击某个新闻、购买某个东西，好，过不久，它就会根据你的选择、习惯、爱好推送相关信息。它们推送给你的信息，都是经过大数据精密计算的，你不会反感。于是，恶性循环就来了，这些同类信息“甜蜜地”包围着你，吞噬着你和你的时间。

这不可怕吗？你说你能不傻吗？你该怎么办？

我！也！不！知！道！

但是至少有一点，你要有这个认知：认知到高度互联时代之吊诡，认知到很多人都成了“信息之茧”——信息是蚕丝，人被裹成茧；信息如麻，你不破茧迟早要被憋死。

认知到这一点，你才会警惕自己的浅薄与无知，才会主动倾听，才会解放自己，从而拥抱更多未知，并试着去了解、理解你一贯认为的偏见。

提升对美的认知力

这几天，“油腻中年男”和“直男癌”被疯狂吐槽。

说一个人——当然也包括女人——油腻，无非是说这人脏兮兮，穿着打扮脏兮兮，气质修养也脏兮兮，令人不舒服。这主要是讲气质修养。毕竟，打扮这东西，每个人有自己选择的权利与自由。青菜萝卜，各有所爱。一个男人穿唐装、戴手串，未必就是俗，有人就是适合这调调。一个男人穿白衬衫，也未必就让人赏心悦目，因为那还得要一副好身材才撑得起来，甚至还要看这件白衬衫质地如何。一样的，一个女人结婚生了后管理不好自己的身材，未必就一定是失败的，因为有的人觉得享受美食的快乐远远大于一天只吃一个苹果而瘦成一道闪电。

说一个男人是直男癌，也是如此。所谓直男癌，就是一个男人没有把女人摆在平等位置看待，自以为是，漠视女性价值，物化女性。其实，这说的还是一个人的言行举止、气质修养令人不舒服。

关键词出来了。油腻也好，直男癌也好，都令人“不舒服”。他们为什么令人不舒服？

我想起不久之前，看过汪涵接受过的一个访问，他说了一句话，我至今印象深刻。他说：这个社会对美的认识出现了问题。

根子在这里!

那么，第一个问题：美，是什么?

这是一个很玄妙的问题。

我经常讲一句话：人与人的区别、民族与民族的区别、国家与国家的区别，不在于出身贫富、武器枪炮、综合国力，而在于对美的感知和认识。

美不是好看。美是观念。

你对一个人、一个事件的看法刻薄，还是包容?

我认为包容就是美，刻薄就是不美。尽管你可能觉得你刻薄得有道理。一个人站在树上拉泡屎拉在你头上，你怎么办？你是要打死他，还是抹掉，离开？你打死他，你就不美。尽管他行为不妥。

街上有人乞讨，你要给他钱，你怎么给?

气呼呼地扔给他，还是平静地递给他?

同样是施舍，但你带着鄙夷的眼光或者心思，就不美。

生活中很多人是没有对美的感知能力的。稍微得了势，升了职，捞了点钱，就趾高气扬，于众人之中大声嚷嚷、动作夸张；

一个大男人，H 字皮带恨不得要拴到脖子上；

两个女生，一开口不是说昨天到哪里哪里买了 LV、Gucci，就是说周末去哪里哪里吃了这个那个；

很多人只要是聚会，总是不喝醉不罢休，然后玩“真心话大冒险”，说的全是失态的话。

这都是不美的事。至少，美的事，不包含这些。

1. 美是往里收的，不是拿出来给人看的。

2. 美是你知道自己几斤几两，而不是大声嚷嚷叫别人来认识你，肯定你，赞美你。

3. 美沉淀在你心里。你肯定自己的努力、进步，也面对自己的不足、失败，静静走在路上，不慌不忙，这就是美。

4. 美是克制。不是每个饭局上都要有你，不是每个人的朋友圈都得看到你在点赞，不是吃了个七分熟牛扒就要十分迅速地发朋友圈、昭告天下。

5. 美是忍耐，沉得住气。敢于坚持自己，默默承受一切，这就是美。

6. 美是洒脱。敢于在人生最悲惨的时候，念一句“世间破事儿，去他娘的”，仰天大笑，这就是美。

一句话，懂得美的人才会不油腻。

格局决定修为

第一个故事：

最近一年，我离开生活了17年的深圳，来到北京，回到校园，战战兢兢，当起了学生，学习电影这个行当。

一个搞艺术的朋友说很羡慕我。我说这有什么好羡慕的，你也可以啊，不就是考试、考试通过、辞职，然后坐上飞机，三个小时就实现了？学费、生活费，你也支付得起。

我当然知道，他只是说说，不会行动。为什么？他在深圳有名气，有圈子，有头衔，到处都脸熟，开研讨会坐第一排，发言全是套话但有人记录。这种生活像蜜糖，让人享受其中，很难舍得离开。

他的世界在深圳。所以他不会离开深圳。

第二个故事：

有一个读者朋友说了他的遭遇。他是做平面设计的，去年有一天，他发现一个大咖使用了自己的一个创意。天哪，大咖复制他的东西！

他既得意又亢奋。他要大咖向他道歉。大咖在电话里解释，这是自己团队的疏忽，没有注明来源，并说了“对不起”。他觉得这样不够，要求大咖必须在微博、微信公众号发声明。大咖同意了。他觉得还不够，继续要求声明的字体一定是标红、加粗、反白！

他的那个创意，其实只是个素材。较起真来，大咖完全可以不理他。但大咖没有多争辩，直接按他的意思办了。

这事过去了。前一段时间，他的作品要参加一个评选，大咖是评委。他发现大咖对他的作品打分虽然不是最低的，却也是比较低的。他觉得冤。

我说：“一点也不冤。他不打最低分已经说明他还是有点人品的。”

第三个故事：

导演贾樟柯讲，自己年轻的时候给一个老板写剧本。剧本写好了，钱始终没有收到。很久以后，老板给贾樟柯送了套杯子。贾樟柯收下了。

又过了很久，贾樟柯忍不住问老板剧本稿费什么时候给，老板说，我送你的杯子就顶稿费了啊。

贾樟柯不再作声了。朋友说，你应该据理力争。贾樟柯说，钱没多少，事太小，算了。

贾樟柯后来干出了大事，成为在中国乃至在国际上知名的导演。他年轻时说的那句“事太小”，看你怎么理解。有人理解为，贾樟柯真怂，自己的钱不去要回来。我的理解是，贾樟柯觉得，事太小，老子没这么多时间、精力去纠缠。

以上三个故事，我觉得都是在讲一个人的格局。

第一个故事，讲的是一个人离不开熟悉的圈子、舒坦的生活，那么，他的格局就是一座城市。在这个城市吃得开，就叫牛了。

第二个故事，讲的是一个人斤斤计较、得理不饶人、不通人情，太把自己当回事，他的格局就是身边的大咖。大咖向自己臣服，就叫牛了。

第三个故事：他的格局不在小事上。生活中的委屈、不公平不算什么，我的心思在更广阔的世界里，跟你计较，犯不着。

格局基本上决定一个人的修为。修为不等同于作为，它还包括修养、素质、道德、涵养、造诣。这些年，我观察身边能左右逢源，受尊重，成大事，做大生意，走大仕途的朋友，都是心怀大格局的人。与人为善，不玩小圈子，不会过于纠缠小节，加上勤奋、克制，能把握趋势，他们不赢，谁赢？

20% 与 1%

上周五至周日发生了几个有趣的故事。

第一个故事：

周五下午，我同一位女生见面聊天。她是通过“在行”App 约见的我。她年近三十，是一家小公司的负责人，一看就是有才、能干、收入不差的“白骨精（白领、骨干、精英的戏称）”。闲聊过程中，她说不太认可自己目前所干的工作，但也不会轻易离开，“毕竟位置、收入还是不错的”。

我说：“那你想干什么？”

她说：“开书店，装修很有情调，图书很有品位，并且有咖啡有酒的那种……”

我果断给她泼了冷水。我说：“姑娘，我也想开这样的书店，我 23 岁那年就想开了。但是幸好没开。因为当年开了的朋友都赔光光了。它肯定不挣钱。最关键的是，你我还没挣到相对足够的钱。开书店是用来玩的。我们目前暂时还玩不起。”

我一方面泼冷水，一方面瞬间喜欢上了这个女生（此喜欢不是彼喜欢）。因为她心里有一个东西。这个东西，用“梦想”来形容大了一点，暂且用“美好”或者“柔软”来代替吧。她心里有一个美好的东西、一个柔软的东西。

很多人是没有这个东西的。我做过很多次跟年轻人交流的活动，我问：“你最想干什么？”很多人是回答不出来的，是茫然的。有个人甚至回答：“我最想睡觉。”

分手的时候，我跟“白骨精”说：“目前你要做的事是好好赚钱。等财务自由了，再去开书店，我一定支持你。目前，从重要程度上说，工作、赚钱占 80%，开书店只能占 20%。这 20% 一时半会儿还实现不了，但没关系，它会在你孤独、艰难的时候温暖你、鼓励你。”

第二个故事：

周六中午，我组织的带领大家写小说的“十人密室创作计划”结业了，大家聚在一起吃饭、聊天。最后进入到我这个创作计划的人，职业、年纪各异，有警察、医生、教师、全职太太、健身教练、企业主等，年龄上从 60 后到 90 后都有，很好玩。

总结会上，我特意说了一句：“十个人中，从我的角度看，我觉得老彭的收获最大。”

我说的“收获”不是指写作水平的进步。那是什么意思呢？

老彭，60 后，大老板一个，每天不是在谈生意，就是在去谈生意的路上，银行账户里的资金，不是进，就是出。这是他的全部生活。他的身份就是两个字：商人。但是，一个偶然的契机，他加入了我的这个写作小组，他发现自己的生活突然多了一点不一样的光亮。我不是说他之前的生活没有光亮，只是说写作让他开始发现生活中还有一个小东西也很有趣，原来世界上有意思的东西不止做生意这一件。

“冯唐不写作，他就是一个投资人。投资人多了去了，多他一个不多，少他一个不少。但写作让冯唐成为一个不一般的投资人。”这是老彭自己总结的。我觉得挺到位。

对于老彭来说，做生意是生命中的80%，偶然开始的写作成了剩下的20%。这20%让他觉得人生有点不一样了，这20%让他觉得自己与其他千千万万商人有所不同。

老彭闯荡深圳之前，生在新疆，长在新疆。他目前正在创作一部小说——《少年荒漠历险记》。我觉得非常有价值——包括商业价值。

第三个故事：

周日中午，我接到了我的90后堂妹。她在武汉一所大学读研究生，马上毕业。上午她参加了深圳市某事业单位的职员考试。中午吃饭，我问她毕业后的打算。不是我黑我堂妹，事实如此——她的回答就是两个字：“迷茫。”我让她再想想，她的回答变成了三个字：“不知道。”

很多90后之所以“迷茫”“不知道”，抛开就业困难（这个困难，不一定是指找不到工作，更多是找不到合适、满意的工作）这个因素外，很重要的一个原因是，他们的家庭条件都不错，至少没有那么艰难，父母也不指望他们寄钱。

这是90后这一代人的幸福（我说的是一个整体，不排除有的90

后家庭仍然比较困难）。

但这样不行啊，怎么能“不知道”呢？

我的建议是，一边找个工作干，一边培养一个兴趣爱好。这个兴趣爱好，一开始就只是个兴趣爱好，占你生活的20%，不要想太多，但你要坚持下去，成为这个领域的专家。比如你喜欢看漫画，你能否动笔画漫画？你喜欢打游戏，你能否动手制作游戏？你喜欢街舞，你能否跳出名堂？甚至培养自己的社群，并且研究出盈利模式……

这才叫玩啊。这才能玩出名堂。慢慢地，让你的20%变成80%，甚至100%，成为你的事业和人生追求。

多好！

各位，注意到没有，我这三个故事，都有一个关键词：20%。

这个20%，是你工作、事业之外的一个小东西。这个小东西，是你的兴趣、爱好、情怀、寄托。这个20%，让你找到生活的乐趣。这个20%，让你区别于他人。有时候，这个20%，还有可能成就你的一生。

就在写这篇文章的几个小时前，我坐在北京电影学院导演系的教室里，听视听语言课老师说了这么一个知识点：荧幕上有两个色块，一个是灰色，铺满画面的80%，另一个是红色，在右下角，占整个画20%的面积。你说，观众的注意力会被哪个色块吸引？一开始是灰色，但很快，所有人的目光都会聚焦在右下角那一小块红色上。为什么？因为红色比灰色更抢眼。

我讲的三个故事中的“20%”，就是让人生“抢眼”的那小块红色。

记得吗？前两年有一个说法很火，大意叫“我要过1%的生活”。如果连这20%都没有，你凭什么可以过上1%的生活？

7 种致命的惯性思维

近期我公布了私人微信号，闲暇之时，与不少朋友有些交流。“尬聊”时有发生。原因是，有的人被惯性思维牵制，一出口就让气氛降到冰点。这些在我看来害死人的惯性思维有：

1. 一张口就是“虽然……但是”。

你“但是”个啥啊，一“但是”，你的偷懒就有了借口。人生平凡若斯，你还觉得自己挺有道理。

2. 看到别人成功，轻蔑地说：“他有什么了不起的，如果给我机会，我比他更厉害。”就你这样的认知和心态，机会一辈子都不会给你，除非你姓“机”。

正确的做法是，承认别人比自己牛，然后虚心请教。

3. 习惯性地觉得“现在条件还不成熟”。

什么叫成熟呢？牛排七分熟算不算熟？

所以我说，因为你不成熟，所以条件永远不成熟。

4. 总是一副少年老成、貌似大哲学家的样子：“人终有一死，何必那么拼。”

老庄哲学讲“无为”。什么叫“无为”？《庄子·在宥》中有一段话：“上必无为而用天下，下必有为为天下用，此不易之道也。”什么意思？告诫皇帝（上者）要无为，也就是不要折磨老百姓，要注意休养生息；对于老百姓（下者）呢，那就要有为了，要积极进取。

看到没有？多少人在给“无为”断章取义！多少人以为躺家里睡大觉就叫“无为”！

少年老成的另外一个意思，就是未老先衰。

5. 还没开始做事，就自己打击自己：“这事有意义吗？”

做了，就有意义；不做，就没意义。我的大兄弟啊，干吧！

6. 有的人可能是历史故事看多了，总结出一个破规律：“人想成事，必须贵人相助”，所以，他就安慰自己：“不着急，还是静静等待我的贵人出现吧。”

你那么“便宜”，贵人会助你？大笑话。难道没有人告诉你一个真相：贵人也很“势利”的？

7. “现实好残酷，算了，识时务点，和现实和解吧！”

够识时务！问题是，你和现实和解，现实会和你和解吗？现实是杀人不眨眼的大恶魔，没有你那么善良。

9 种改变自我的认知

1. 勇敢一点，别害怕

这个时代不会饿死你，想明白这一点后，大胆地闯吧。

2. 加倍认可自己

别老说自己是普通人。你总把自己当普通人，那你就普通喽。没有人跟你争普通。

3. 你是你的你，拜托

你不是三岁小孩了，很多事要自己做决定。

你做任何一件事，都会有人对你叽叽歪歪。但很多时候他们就是随口一说，你不要受干扰。

4. 读书让你与众不同

如果你是有智慧的人，那么你会发现，绝大部分新潮玩意儿，都是古人玩剩下的。而读书是最好、最便宜的进步方式。另外，这是个不读书的年代，你读书你就与众不同。

5. 把时间花在自己身上

别一天到晚忙得连自己贵姓都不知道，见这个见那个，参加这个饭局那个饭局，全都是无效社交。

把那些时间花在自己身上。读书，听歌，自己下厨煮顿好吃的，哪怕是发呆，都有用。

6. 静静的，就挺好

世界太闹，所以你需要“静”。

静的好处是触发你思考、顿悟。越是成功的朋友，越需要静。有时候，一静值千万。

7. 别唧歪，干就是了

你之所以不成功，是因为你脑子太好使、点子太多、创意太多，但是你从来不踏实去干。

你之所以永远都是老样子，是因为你总在犹豫，总在寻找最佳答案：这样可以吗？那样行吗？我的兄弟啊，咱先干了再说，OK？

8. 打造你的个人品牌

这是一个极度强调“我”的时代。品牌让你腾飞。

你是谁？你跟路人甲、路人乙的区别在哪里？问问自己。

9. 享受孤独

孤独是一个内涵很广的词。孤独除了一个人的孤独，还包括不被他人理解、遭遇非议，等等。

面对孤独，是在大都市工作、生活的必修课。孤独的时候，把自己安排妥当是一种能力。能享受孤独的人，往往容易成功。

风轻云淡，是一种本领

我的一位读者，也是朋友，发了个朋友圈感叹最近遇到的一件糟心事：因为业务关系和一个人打交道，谁知道那个人（女生）脾气暴躁、语言粗鲁，自己完全没法承受。但她还是战胜了自己，克制了自己，和和气气地把事了结了。

事后，她写朋友圈，谈到之前读过我的一段话：

想起钟二毛老师的一篇文章，这个世界可爱，就在于我们可以碰到形形色色的人，有人谦卑，有人自以为是，有人规规矩矩，有人把自己真当成上帝，有人减肥，有人饿死，有人读书，想知道更广阔的世界，有人一年不翻一页书，出口就是“操操操”。我们应付的办法就是承认这个世界的可爱，否则千人一面，那是可怕的专制。

我看了蛮感慨。

生活中，太多太多的人一言不合就爆粗、耍赖、耍横、撒泼，万事总想占上风（用我们湖南话讲就是“拿刀总想拿刀把子”）、占便宜、不守规矩。

我想，每个人都会碰到这样的人。怎么办？中国有句古话，顺嘴就出来了：人活一口气。面对这样的赖皮、泼妇、恶人，我气啊！都要气炸了，对不对？欺人太甚，跟他干！谁怕谁！干了，然后呢？会有什么好的“然后”呢？

我钟二毛活了四十年，当警察、做记者，走街串巷做所谓新闻调查记者、卧底记者，阅人经事后得出的结论是——就像那段被引用的话里说的——遇到这样的事，不妨心平气和，泰然处之，甚至可以在心里呵呵一笑。

为什么要“心平气和、泰然处之，甚至可以在心里呵呵一笑”？

在解释之前，我还想起一件事：

小时候，我父亲经常问我：“有人站在树上拉尿尿在你身上，你怎么办？”我脱口而出：“打啊。”

父亲说：“打什么打，擦干净就可以了。”

这不是认怂、任人欺负吗？这是什么鬼道理！

若干年后，我再回想，父亲讲的是一种处世哲学，一句话两句话讲不清楚的处世哲学。唯有经过岁月磨砺和突然顿悟之后，方能明白。

“把拉在身上的尿擦干净就是了”跟我说的“心平气和、泰然处之，甚至可以在心里呵呵一笑”，其实是一个意思，父亲和我都认识到了这个世界的本质。

这个本质是：世界之所以丰富多彩，就是因为人的差异性。所谓“千人千面”。

凭什么每个人都要合你的“胃口”？

你是好人，凭什么要别人也是好人？

你有好心，凭什么别人就必须好意？

这个世界上，有人跟你投缘、两人穿一条裤子都可以，也一定有人跟你话不投机半句多。

这个世界上，一定有人出身、学历、认知、三观、打小的家庭教育都跟你非常一致，也一定有人仿佛来自另外一个星球，让你瞠目结舌。

这太正常了！不这样才不正常呢。

套用现在流行的话说：跟你讨厌的人相处，这也是一种修行啊。认识到这一点，你就会释然：哦，有这样的人，是正常的，不必生气，不必较劲。

你会在心里跟自己和解，跟他人和解，跟世界和解。一切都会风轻云淡。

风轻云淡了，一个人才有气质，才有气场。

愿你我如此。

如何治愈社交恐惧症

人和人是存在缘分的，也就是所谓“眼缘”“一眼就对上了”“一见钟情”。你觉得对方让自己舒服，对方觉得你也不差。有缘分就要珍惜、偏爱、多交流。加微信，和对方告别，估计对方已下飞机时发去问候：“期待下次有缘再聚。”

一眼就对上了，也会出偏差。那就是聊着聊着，发现不喜欢了。或者很多年之后，发现了对方的一个秘密，然后不喜欢了，甚至生气了。如果是这样，不必懊恼。这也是你们的缘分，正如流行语说的：友尽（友谊走到了尽头）。

大家读一所学校成为同学，在一家公司上班成为同事，要相处很长时间，由不得自己选。我们要做的就是与人为善，和平共处，不卑不亢。时间会找出和你投缘的人。这样的友情，最为坚固，最当珍惜。

除了共读一所学校的“同学情”、共谋一份事业的“同事情”，生活中更多的是：大家一起参加一个活动、一个会议、一个饭局、一个宴会。饭局中，每人一个位，一碗一筷；宴会中，人人一杯酒，一个自由的空间。如果觉得气氛喜欢，可以谈笑；如果氛围不喜欢，可以静默。你谈笑或者不谈笑，你静默或者不静默，都有人喜欢。甚至，有时候静默更让人喜欢。所以，社交场合，不要担心自己嘴笨、内向，自自然然表现自己就可以了。缘就是这么神秘而自然。

认识到这一点，你的社交恐惧症也就不治而愈了。

其实，在一个社交场合中，你的应对法则、态度，也是你对自己的态度。认可自己的人自然从容，张弛有度，既不大喊大叫非得成为焦点，又不自卑得要自掘地道钻进去。这样的人不仅能让自己舒服，也会让别人觉得舒服，美好的缘分自然也就多了起来。

第二辑

慢崛起：

把时间花在自己身上，稳步成长

在苦短人生中“做自己”

人生是一个做减法的过程。

小的时候，渴望得到所有玩具。什么都想要。小学课文里说“捡了芝麻丢了西瓜”，讲的就是这种心态。

你现在问一个孩子：“小朋友，你长大了想做什么？”他往往给你很多答案：“我想当警察”“我还想当消防员”“我还想当超人”……

小时候，什么都想吃，什么都好吃，哪里都想去，哪里都好玩。

你看看属于小孩子的颜色，游乐场里、服装店里，都是五颜六色的。一个孩子穿得花花绿绿，没有人会说丑。小孩子身上“装”得下这么多颜色。

慢慢地，童年、少年、青年、中年、老年，减法逐渐起作用：爱好少了，穿衣服的颜色少了，食物吃来吃去也就那几样，理想也少了。

有时候，你会发现，微信好友几百几千，但可以说上一句心里话的人，没有几个。有一两个，还算你走运。多数是一个也没有。

现实中也是这样。一大桌人围在一起吃饭，叽叽喳喳，热热闹闹，桌子上甚至有自己的父母、兄弟姐妹、妻子、丈夫、孩子，照样会无话可说，或者说的都是客套话。

这就是人的一生。这也是人人都可以理解，都会体会，都能体会的一生。

但是，理解归理解。生活中，很多人还是拒绝、不适应这种“由多变少”的变化。

比如：有人不喜欢你了。

他曾经那么喜欢你，你们相处得那么和谐。你们曾经好到穿一条裤子都行，挤在小床上聊到天亮还不够。他曾经像崇拜人民币一样崇拜你。你们是发小、哥们、闺密、大学同窗、要好同事、铁杆粉丝、灵魂伴侣。

很多人过不了这个坎儿！失去一个名牌包、一份好工作都不要紧，失去一个朋友，他无论如何都想不通，或难过，或自责，甚至还会愤怒、嫉妒、报复。

有没有想过，朋友为什么会离你而去？那是你们两人出现了分歧。这个分歧，未必是你强他弱，或者他弱你强。而是，频率不在一起了，导致你不喜欢他了，或者他不喜欢你了。

这也是人生的自然规律，不必在意。强大的人或者成熟的人，都明白这几个道理：

1. 一切坚固的东西都将烟消云散。

2. 人生终将孤独。

3. 人活着的价值不是让人人都喜欢。

明白这些“粗浅”道理后，你会没那么在乎了，从而更淡然、平和，也更懂珍惜与宽容。这时候，“做自己”也就是顺理成章的了。

我经常说的一句话“你是你的你”。这时候，你才是你的你。

恭喜你，你孤独了

第一个故事：

你和他是老友、大学同学，一起扛过枪、分过“赃”的那种铁杆兄弟；你们在同一个城市，你们无话不谈；你们定期聚在一起，吃大排档、撸串、吹瓶。你们一起热血，一起青春。

有一天，你们都四十岁了，有家有口了，生活稳定，都是中产了。你发现，只要坐在一起，他就会跟你聊今年去哪里哪里玩了：去神户吃牛肉，到巴西吃烤肉，去新西兰看牧场，到拉斯维加斯看赌场，然后就是吐槽公司的老板、高管，以及零零碎碎的办公室政治。你把你下半年要辞职去电影学院学导演的计划告诉他，他一个晚上都在劝你，这样做会不会太鲁莽，是不是再考虑考虑，万一失败了怎么办？

他的人生开始求稳了，而你，还想进击，开始人生下半场。

渐渐地，你有什么事不怎么喜欢找他聊了，甚至有时候都想回避他。

你宁愿孤独。

第二个故事：

你和他是发小、死党，你们小学、初中、高中都是同学。他们家米缸放在哪个角落，你都知道。你们一路上互相为对方撒谎，圆谎，鼓劲，加油。

你们一不小心滑到了三十岁，开始成为房奴、车奴、卡奴，各种奴。每次聚在一起，你发现总有什么地方不对劲。你找他聚，是因为你有新的计划——比如创业、转行——想告诉他，并且听听他的意见，甚至考虑是不是一起合作。可是，你还没开口，他就开始小老头似的发“人生虚空”“活着就是一场虚无”之类的感慨，或者抱怨挨千刀的房价、物价和堵车。你问他还有什么计划，他总是说，还清房贷再说吧。你把你的话题憋了回去。

他在抱怨，你在突围。

渐渐地,你有什么事不怎么喜欢找他聊了,甚至有时候都想回避他。

你宁愿孤独。

第三个故事：

你和她是闺密，大学一起打开水，一起议论某个男生，一起帮彼此解决人生难题。毕业了，你们在同一个城市，刚开始的时候每周末还睡在一起，畅聊通宵。你们二十几岁刚毕业三五年。

你有男朋友了。你升职了。她单身，原地踏步。你发现，当年校园里那个英姿飒爽的女生不在了，变成了一个爱吐槽、懒惰、没有规划、对什么都提不起兴趣，只会一天到晚窝在小房子里看肥皂剧的“干物女”。

或者说，她有男朋友了，她升职了。你单身，你原地踏步。你一样会发现，当年校园里那个英姿飒爽的女生不在了，变成了一个一天到晚都在担心发胖被男友甩，一聚会三句两句就扯到男朋友怎么怎么优秀或者怎么怎么鸡贼要不要分手什么时候分手如何分手，然后就揣摩公司领导、同事，问你什么意思怎么破的女人。相反，单身的你可以把生活安排得清清爽爽，工作生活分得很开。

她没有了自我，生活乱成一团麻，时时刻刻都在忙着解开这团麻。你走在路上，两袖盛满飘飘清风，虽然走的是一条羊肠小道，却自有风光。

渐渐地，你有什么事不怎么喜欢找她聊了，有时甚至都想回避她。

你宁愿孤独。

你宁愿一个人喝点小酒，也不愿意呼叫昔日老友；

你宁愿一个人思考问题，也不愿意找他拿个主意；

你宁愿一个人逛街看电影，也不愿把她叫上；

你宁愿一个人！

你宁愿忍受孤独！

恭喜你！

你终于迎来了这么一天。

独立、隐忍、通透，知道自己是谁、正在面对什么以及如何面对。

世界从这一天起，变得无比开阔。

说真的，你孤独的样子真好看。

默默干就是了

这次回湖南老家，一个同村的小伙子找我聊天。他大学毕业有三五年了，之前一直在广州工作，混得也不错，但最近回到了乡下。干什么呢？开了个小公司，代理某个快递公司的业务，做乡镇快递。我认同小伙子的判断：快递业务迟早会延伸到乡村。我只叮嘱他一句话：你现在在农村搞这个东西，肯定有很多亲戚朋友不理解，觉得赚不了钱，觉得你脑子有问题，好好的大城市工作不做，跑回家里搞这个……你一句话都不要听，权当他们说的是屁话！你按你的思路搞就是，不要解释，也不要争辩。你要相信自己的判断，要相信在乡村快递这一点上，你比任何一个说七说八的人更有发言权！因为你做过调查，因为你投了真金白银！别人的分析、建议，都是随口一说，千万不要被闲人的随口一说给废掉了。

二十年前，我到北京上大学，学的是法律。班里有个同学，属于吊儿郎当的那种，至少在学业上是这样的。好女子不爱红装爱武装，他呢，不爱法律爱摄影。他一进大学就玩摄影，玩摄影一般都从给美女拍照开始。他也如此。一些上进的同学对他这种不务正业的行为不屑一顾，一直到大学快毕业，他的摄影作品开始获奖才改观。但这位同学永远不解释，也不争辩，永远是自己玩自己的，给美女拍照继续，创作也继续，自嗨得很。毕业后，他先是在一家无人知晓的报社当了摄影记者，后来到了《南方都市报》《南方周末》，最后到了英国路透社，最近几年开始创业，进入了无人机摄影领域，做得风生水起。我经常会想，他为什么过上了自己想过的生活？跟他不解释、不争辩有绝对的关系。人一解释、一争辩，就完蛋了。解释就是掩饰，争辩就是不自信。不自信，你还搞什么搞！

两千多年前，有个小伙子，名字我就不说了，是孔子的学生。有一天，一个客人见孔子前先跟这个小伙子寒暄了几句。客人问他："你说一年有几季？"他说："当然是四季。"客人说："不对，是三季。"两人争辩起来，口水喷了一脸盆。最后两人打赌，谁输了磕三个响头。这时候，孔子从房里出来了，学生赶紧问他。孔子答道："一年有三季。"学生只好磕头认输。事后，学生找到孔子，问："为什么一年是三季？"孔子说："你没注意到吗？那个客人穿一身绿色，像个蚂蚱，蚂蚱春天出生秋天去世，对他们来说，一年不是三季是几季？你要跟他讲四季，讲到天亮都讲不通。"

比孔子晚两百年出世的庄子写过一篇文章，里面有句话："井蛙不可以语于海者，拘于虚也；夏虫不可以语于冰者，笃于时也；曲士不可以语于道者，束于教也。"什么意思呢？就是说，对井里的蛙不可谈论海的事情，是由于它的眼界受着狭小居处的局限；对夏天生死的虫子，不可谈论冰雪的事情，是由于它的眼界受着时令的制约；对见识浅陋的人不可谈论关于大道的问题，是由于他的眼界受着所受教育的束缚。

今天钟二毛的故事就讲到这儿。

网络时代是一个多元化的时代。多元，意味着每一件事都有不同声音、不同选择、不同结局。你一走出家门，有人说你美，有人说你丑，有人说你招摇，有人叫你往左边走，有人叫你往右边走，有人叫你飞上天。他们中很多人甚至是善意的，至少不是故意害人的，面对这么多张嘴，你唯一要坚持的就是：想你自己的，做你自己的，默默干就是了。

加倍认可自己，时间会让你发光

2017年12月31日，我在深圳有一个跨年演讲：《认清时代本质，再谈个人崛起》。演讲完，我和大家有一个小时的互动交流。这个互动交流，比我的演讲精彩一百倍，可惜没有实录到文章里。

那天的互动交流中，我印象最深的是一个男生问我："钟老师，我想扩大我的朋友圈，怎么办？"

我问他："你为什么想扩大自己的朋友圈？"

他的回答大意是：每天就是上班、下班，日复一日，社交圈太窄，想融入更多圈子。

我给的回答是："融什么融，你自己就是圈子。"

他蒙了，现场很多人蒙了。

"我们每个人都想扩大自己的圈子，这没错。但扩大的最好手段，不是去融入别人的圈子。"我说，"通常来说——不是百分之百啊——社交的本质是等价交换，你想融入别人的圈子，人家未必让你融，即便让你融，你位于鄙视链的末端，资源分享到你这里，不会是头部。何苦！你不如让自己成为圈子，让别人围绕着你。"

"我是个普通人，我怎么能让别人围绕着我？"他问。

“谁告诉你，你是普通人？”我说，“我们太多的人，尤其是平民子弟，存在一个极大的认知坑，那就是‘我！是！个！普！通！人！’因为你认为你是普通人，所以你就成了普通人，放心，没人跟你争普通。我还是那句话，天生我材必有用，每个人都可以成为发光体。只要你把时间花在自己身上，深挖洞，广积粮，成了某一个领域的专家，并且通过某一件事证明了自己，这时候，请你轻描淡写地发条朋友圈。你看看会有什么效应？‘羊群效应’！啥意思？所有的人，都会像羊群一样，奔你而来。”

我觉得有句话很重要，拎出来再说一遍：你认为你是普通人，所以你就成了普通人，放心，没人跟你争普通。

愿这句话警醒关注钟二毛的每个平民子弟。

因为出身平平，我们天生藏着一份怯弱。我们不敢像官二代、富二代那样，上街看到美女吹口哨，碰到大机会管他三七二十一干了再说（当然不是所有官二代、富二代都这么拽酷炫，也有怂的）。他们一出生就是坦途，一毕业就有奔驰宝马，生意失败可以随时从头再来。我们只能如履薄冰，走一步看三步。这是没办法的事。但，一旦我们走上社会，就应该大胆一点，有点豪气。这个豪气就是成为发光体，成为舞台上被灯光打亮的那个人。

人都是逼出来的。你如果想成为发光体，自然会暗暗较劲。暗暗较劲的结果是，要么成功，要么失败，总之有百分之五十的机会。反之，你不想成为发光体，你就会认命、苟且，结果是百分之百的失败。

最后讲一个故事：

一位父亲带着儿子去参观画家凡·高故居，在看过那张小木床及裂了口的皮鞋之后，儿子问父亲："凡·高不是位百万富翁吗？"父亲说："凡·高是位连妻子都没有娶上的穷人。"第二年，这位父亲带儿子去丹麦，在安徒生的故居前，儿子又困惑地问："爸爸，安徒生不是生活在皇宫里吗？"父亲说："安徒生是位鞋匠的儿子，他就生活在这个阁楼里。"这位父亲是位水手，他每年往来于大西洋各个港口，他的儿子叫伊东·布拉格，是美国历史上第一位获得普利策奖的黑人记者。二十年后，回忆童年时，他说："那时我们家很穷，父母都靠出卖苦力为生。有很长一段时间，我一直认为像我们这样地位卑微的黑人是不可能有什么出息的，好在父亲让我认识了凡·高和安徒生，这两个人告诉我，上帝没有轻看卑微。"

这就是我想说的：出身卑微、平凡的人，很难认识到自己存在的价值，经常自己看低了自己。怎么办？认识自己、认可自己、加倍认可自己，然后一个字：干。时间会让你发光。

努力投资，时间会让你增值

20世纪70年代，一个二十几岁的年轻人从早稻田大学毕业出来，经朋友介绍，进入了一家编辑出版教科书的公司工作。遗憾的是，他几乎没办法从编教科书这项作业中获得半点快乐，或者所谓的成就感，无论干得多卖力。他最后得出的结论是：不管怎么折腾，自己都不适合干这个活计。但是他转而认为，工作这东西原本就是单调的、义务性的，因而只能将工作以外的时间有效地用在自己身上，以寻找人生乐趣。于是在公司里，他几乎机械地完成派到自己头上的工作，剩下的时间独自看喜欢的书，听喜欢的音乐。他甚至懒得和公司同事去外面喝酒，倒不是人缘不好或曲高和寡，只是不愿意在工作以外的时间、在公司以外的场所主动发展与同事的个人关系。后来，这个年轻人成了全世界拥有读者最多的作家。有一年，他回顾自己这段孤独时光时，总结了一句话："可能的话，还是想把自己的时间用在自己身上。"他叫村上春树。

扯远了，扯近一点。我有个朋友，名字叫钟国康，是中国知名的书法、篆刻大师。20世纪80年代，因为少年成名，他被当时的市委书记点名调入深圳特区，在深圳大学当老师。铁饭碗端在手上稳稳当当的，他却给自己判了十二年"有期徒刑"。干吗？闭关钻研。年轻时，他学谁像谁，但他在意的是自己有没有不同于古人和今人的新东西。十二年里他换了3批篆刻刀、6批毛笔，宣纸更是买了一卷又一卷。两千多册书法篆刻、诗词藏书都背熟了、翻烂了。他把十二年时间花在了自己身上，第十三年，他让自己与众不同。但至今，他几乎没有什么头衔，也极少参加社会活动。他说："其实谁都愿意有平台有头衔，如果现在人家主动给我这些东西我立马收下！但是如果为这事去求人的话就算了，因为时间耗在这个上面不值。"他不是对名利不屑，只是在计较时间的代价。

再扯近一点。前段时间，我在深圳中心书城做了一个分享会，会上我播放了一张图片，是我2005年出版的第一本长篇小说。这本书，我很少主动提及，因为它写得实在太烂了，烂得不堪回首。这本书出版后，我有五年时间一个字没写，没有脸面再写。这五年，作为一个并非科班出身、文学阅读量很少、写作完全一副野路子的人，沉下心来，认认真真读了一批经典，摸着石头过大河，终于明白什么叫小说，什么叫好小说。没有那五年，我不可能走出挫败感留下的阴影，更别说还有勇气、底气继续尝试写新的小说。

把时间多花在自己身上，时间能给你最公正的回报。

而今，很多人的时间都花到哪里去了？

花到了无谓的饭局、社会活动上。你总是渴望能认识大人物，跟他们交换名片，喝酒碰杯，微笑打招呼，假模假样地做出很有修养的样子，希望他们能记住你，有朝一日成为你的贵人。殊不知，现实总是很残酷：天下没有白吃的午餐，也没有无缘无故的贵人相助。

花到了频繁的人情来往、吃饭请客上。你总想维护各种关系：朋友的、同事的、上级的、同学之间的……你担心被孤立，被遗忘，你害怕孤独。第一时间查看朋友圈，第一时间点 32 个赞。你希望每天热热闹闹的，成群结队，吆五喝六，高朋满座，频频举杯，笑语欢声，歌舞升平。殊不知，一天一天，你变得脑满肥肠，平庸得连你妈都不认识了。

花到了纠结上、茫然中。我们的生活选择太多，诱惑太多，所以你总是那么纠结，一件事想一百遍都依旧在左右摇摆。到底是毕业先工作还是继续考研？到底是立即换工作还是再坚持一下？今天周一，到底是穿黑色还是白色？时间就在你的纠结中流逝了。还有茫然——你是谁，你的个性是什么，你的优缺点是什么，你到底要什么？你不知道。于是你一大早抱着书本去图书馆学习，翻开书本却一个字也看不进去；你一天到晚一有机会就去相亲，却从来不知道自己喜欢、适合什么样的男人，只会和别人一样，幻想他要“又高又帅又有钱”。

这样下去是不行的。你要把时间拽回来，从那些无谓的人和事上拽回来，花在自己身上。

阅读，学习，观察，思考。

多花点时间在自己身上，这意味着你要习惯孤独，驾驭孤独。孤独是上帝赐予一个人成长的礼物。孤独让思考更深入，让工作更专注，让学习更高效，也让梦想更接近。

你必须，必须多花点时间在自己身上。有一天，就算别人不喜欢你，你还有你自己，至少。

你必须，必须多花点时间在自己身上。了解自己，喜欢自己，爱自己。

时间会让你增值。

你与牛人就差这两点

“霍金先生，病痛已经将你永久固定在轮椅上，你不认为命运让你失去很多机会吗？”

一次学术报告后，一名记者对霍金提问。此时的霍金，微笑着用他那三根还能活动的手指艰难地叩击键盘。不一会儿，显示屏上出现了简单的四句话：我的手指还能活动，我的大脑还能思维，我有终生追求的理想，我有爱我和我爱着的亲人与朋友。

1963年，霍金21岁时，患上了肌肉萎缩性侧索硬化症（卢伽雷氏症），全身瘫痪，不能言语，手部只有三根手指可以活动。21岁就被判了“死刑”，霍金靠什么活到76岁？

高科技？爱人的照顾？

不是。

靠的是理想与实现自我价值的渴望。

患病后，霍金曾梦到自己被处死了，由此他希望，“如果我被赦免，我还能做许多有价值的事”。

霍金在轮椅上做出的成果，让我想起咱们中国的两位大家：

大哲学家冯友兰的巨著《中国哲学史新编》，是在他双目失明的情况下全靠口述“写”完的。史学大师陈寅恪写他的经典著作《柳如是别传》时也几乎已双目失明。

人活着，总是要有点理想的。尽管这是一个不谈理想的时代，一个以谈理想为尴尬的时代。

人活着，总是要实现点自我价值的。尽管，这个时代判断自我价值的标准总是那么单一：名车、别墅、美女。

没有目标，不努力去实现个人价值，只会落入所谓的“佛系”的自欺欺人。

再来看看“诗魔”洛夫的故事。

洛夫，台湾诗人，和余光中一起被誉为世界华文诗坛的“双子星座”，曾获诺贝尔文学奖提名。2018 年 3 月 19 日，洛夫去世。

2012 年，我还是《深圳特区报》记者，因为一次活动，我和洛夫有一次对谈。请看这段——

我：你近些年在创作上取得的成就，或许跟隐居加拿大温哥华有关。我看《洛夫传奇》里说，温哥华有三宝，一是空气，二是风景，三是人文环境。

洛夫：创作跟环境有关。1996 年，我从台湾到加拿大的温哥华，就是打算在那美丽和平的新环境里，以宁静淡泊的心境重新观照人与自然的和谐关系，写出新东西。

我：你去了温哥华后，写出了著名的 3000 行长诗《漂木》。评论界都说，这首诗是你创作又上一个新台阶的标志。

洛夫：我自己的感觉是，在温哥华写的诗很安静，富于哲理。

啥意思？洛夫去加拿大之前，在华人世界里已经很有名了。如刚才介绍说的，洛夫和余光中齐名，他的《边界望乡》和余光中的《乡愁》一样脍炙人口。但是写作是有瓶颈的。如何突破？对策就是躲避喧嚣，安静下来。于是他去了加拿大，“宁静淡泊”。

这是需要勇气和智慧的。这就是把时间花在自己身上的结果。所谓“虚静则得”。把时间花在自己身上，互联网时代，这是我们最该学习的地方。不然，一天到晚参加这个饭局那个饭局，认识这个人认识那个人，最后的结果是连自己老妈贵姓都忘了。

这是我浏览霍金和洛夫人生经历的一个发现，牛人之所以牛，无外乎两点：

1. 认准一件事，死磕；

2. 静心，把时间花在自己身上。

混什么都别混“圈子”

1. 人的本性是喜欢扎堆的，原始社会就有“部落”。这也是一种动物属性。扎堆或者混圈子，说得好听点是找到了组织，抱团取暖，形成合力；说得难听点，是人缺乏安全感，对自己不自信。

2. 人只要形成圈子，各种乌泱乌泱的东西就来了：拜码头的、和稀泥的、搅局者、等级、阶层……圈子跟古代江湖上的帮派，从本质上说是一样的。圈子一定会有它固定的一个价值观，这个价值观未必正确，也未必值得你认同。但是你进入圈子，首先要接受这个“洗礼”，认可它，其次才谈得到做事。

3. 你不是圈子的核心人物，主事权轮不到你，说白点，好处轮不到你。你就是个配角，或者抬轿子的。为什么轮不到你？因为你不够强大，你的社会交换价值——也可以简称为“社交价值”很小。圈子跟人脉一样，一般来说，都讲究等价交换。

4. 常规来说，比你高几个等级的圈子，你进不去。大部分你能进去的圈子，水平和你不差上下，因为大家有“共同语言”“共同诉求”。

5. 混圈子最可怕的不是以上几点。最可怕的是占用了你的时间、精力。混圈子的精髓就在“混”字上。“混”必然浪费时间。各种活动、饭局少不了，各种附和、吹捧也少不了。混得好，你赢了。混不好，你连后悔的机会都没有了，因为时间混没了、老了。

6. 混圈子最最可怕的都不是以上。混圈子最最可怕的是你的格局小了。一个圈子能大到哪里去？能大到马云、马化腾那里去吗？年轻的时候，你的圈子就是你身边那几个人。如果你在小城市，圈子大到顶了，也就是小城市的No.1！那又有什么可以炫耀的呢？哪怕是在北上广深这样的大城市，你混的圈子，大家的水平都差不多，混来混去，能混出更高、更快、更强？No！它只会消磨你的意志，只会让你觉得自己看到的“四方天空”就是整个天空。要命的是，圈子这东西，会让你慢慢沉浸其中、享受其中，让你忘记了山外有山，楼外有楼！

7. 还有一点，圈子会给你打上标签！你是那个圈子的，那个圈子出来的就是那个水平、那个路数、那个特点。被贴上“高大上”的标签算你走运，万一是一般的标签呢？标签打上容易撕下难啊！

8. 一定有人会说，照你这么说，人不需要交流了吗？别着急，钟二毛让你不要混圈子，没让你自闭。找到你心中的交流对象，一两个就可以了，然后私下一对一交流。这样的交流才是有效交流。

9. 话说开一点，都高度互联时代了，你混啥圈子嘛！世界是平的，整个世界就是一个圈子，你要混，就混“世界”这个圈子。我说虚了！扯回来！就是说，互联网时代的无数种渠道，让你可以认识很多牛人，你完全不需要通过混圈子去结识人，去扩展眼界，去让自己变强。

10. 把混圈子的时间花在自己身上。我经常说，时间会让你发光。当一头独狼，只要你是狼，没人会认为你是狗，放心。何况，到了一定境界，你根本就不在乎人家把你当狼还是狗。

方向是试出来的

今天讲三个故事。

2000年，有一个年轻人，在当时很流行的网站“榕树下”写了一个短篇悬疑小说——当然，那个时候还没有“悬疑小说”这一说。一个陌生的女网友“23”看到后，给他留言，建议他写一些可读性更强的作品。言外之意就是说他的这个故事好是好，但可读性不强。年轻人都好强，于是他跟这女孩打赌，要可读性还不简单，日本《午夜凶铃》可读性够高了吧，我也可以写出这样的作品来。于是，他写下了自己的第一部长篇小说，名字叫《病毒》，并打开了“悬疑”类型小说的写作之门。这个年轻人的名字叫蔡骏。在我看来，他是目前中国悬疑类型小说中，把故事性和文学性结合得很好的作家。蔡骏说，这个名字叫“23”的姑娘改变了他的命运。

2003年，中国网络文学发端、兴起之年，慕容雪村《成都，今夜请将我遗忘》火遍中国。有一天，一个人对一个天天在报纸屁股上写小散文、小游记、小乐评的草根青年说：你文笔不错，怎么不去写网络小说？写网络小说多牛，几百万、几亿点击率，还可以出书、赚钱。草根青年实话回答说：我讲个笑话都脸红，还写小说？这辈子都别想了。然而，有天晚上无聊，草根青年上网进了当时最火的文学论坛“新浪原创工作室”“天涯论坛”一看，妈呀，随便一篇小说还真有几百万、几千万、上亿的点击率！写的什么东西，这么多人看？草根青年翻了翻当时最火的几篇，心里嘟囔了一句：没什么了不起嘛，不就是写自己的生活嘛，我也可以。于是，2003 年盛夏，他把自己关在一间破出租屋里，光着膀子敲了 14 天电脑，第一部 13 万字的长篇小说出来了。随即一点一点地贴到网上，嘿，莫名其妙火了，出版商迅速买下了版权把它出版成书。这个草根青年叫钟二毛。虽然他现在依然籍籍无名，但一想起自己是如何走上小说创作之路的，他就觉得希望还在，还要认真写下去。

2006 年，一个胖妞稀里糊涂地在一所二类本科里从大一混到了大三。上帝似乎给了她一道光，大三下学期，她决定要考研，方向是艺术史。她学的是旅游管理。大家都在看她的笑话，说胖妞之所以胖，就是因为智商低。她把考研学校的教材一字不漏看了一遍，每页上都划满了大段大段的荧光笔标记。每天早上 6 点到教室，火炉长沙的高温把她烤得像只烤鸭。考前一个半月还没复习政治，只好买了几十套卷子，直接做卷子，统统背下来。凌晨 3 点走出教室，早上 6 点自然醒。考研教室几十个座位上的人，经常变化着，只有她那个座位，主人一直是她。结果呢？成了！她考上了 211 院校的艺术史专业。艺术史专业毕业后，她并没有从事相关的工作，因为不是很喜欢。尽管如此，她不觉得自己吃亏。想到自己如此一个胖妞、傻妞，都可以干成这么难的事，她比天王老子都自信。这个傻妞是我 2008 年在报社带过的一个实习生。她后来的职场道路所向披靡、节节高升。喔，因为考研，她还瘦了，成了大美女一个。

这三个故事说明什么呢?

我们经常说要找到方向，人才会成功。可是，这个人生方向，怎么找呢？有时候就是一赌气就找到了。有句话说:“无心插柳柳成荫。”问题是，很多人不愿意去尝试，在机会面前畏畏缩缩，甚至给自己下套：我不适合这个，我干不来那个，云云。

我们经常说人的潜力无穷。我们还经常说，人不逼自己一下，不知道自己有多优秀。问题是，很多人很优秀、聪明，但就是不会去逼自己一下，天天沿着一条老路走，然后就青春不再了。

道理说开一点，改变人命运的，往往都是一些细微的东西。比如一句话、一个想法、一次相遇、一段感情。相反，那些宏大如战争、革命、灾难的事，并不一定能改变人的命运，该是农民还是农民，该是什么还是什么。

勇气？勇气！

猴子看到人吃香喝辣穿暖很风光，想变成人。

要变人吧，首先得把尾巴斩断。

刀磨好了，但猴子下不了手。他在想：第一，会很痛吧？第二，尾巴没了，身体还能平衡吗？第三，可爱的尾巴说没就没，有点不舍啊。

九九八十一天后，猴子终于手起刀落。

断了！只是……断的不是尾巴，是一条枯藤。

所以，猴子还是猴子。

这个故事送给那些一天到晚嚷嚷要改变现状但又没有勇气的人。祝福猴子们。

别轻易否定自己

1

这几天一直在跟一个刚刚高考完的小伙子交流填志愿的问题。

他上了一本线。他一直想报考中文系，这是他的爱好，也是他的特长。他连大学四年中如何分配上课、阅读、写作的时间都规划好了。

高考前，父母、亲戚还有父母要好的朋友，对这件事都没有提出异议。这几天，真要开始填志愿了，各种声音来了。

亲戚说得很现实：第一，中文系出不了作家；第二，出得了作家又怎样，大部分作家都穷得要死。

父母要好的朋友，那也都是见过世面的人——说得也很在理：大数据显示，中文系学生就业不是很理想，不行还是学法律、金融、管理吧。

父母貌似委婉地给了孩子一句建议：要不，综合考虑下大家的建议吧，当然我们会尊重你的选择。

所有的努力，就是为了实现梦想。然而，梦要开始的时候，天亮了。小伙子在父母、亲戚、父母好友面前，动摇了最初的伟大计划。

他没有坚持自我，在志愿栏里填了两个字：法律。

2

你可能会笑这个孩子。

我想请你不要笑。

因为在很多时候，你跟他一个样儿。

哪怕你今年二十多岁、三十多岁，看起来好像很厉害。

你一样坚持不了做自己。不信，你扪心自问下：大学毕业你信誓旦旦要走的道路，走了没有；一直想发展的兴趣爱好，学了没有；当年想追的姑娘，追了没有？

你一直渴望成为自己，没坚持两天，最后活成了别人，甚至是当年自己最讨厌的那个人。

你本来是一个原版的自己，活着活着，成了翻版的甚至是盗版的别人。

这就是我们大多数人的人生轨迹。

3

兄弟，why?

还记得几年前有一部特别棒的印度电影，名字叫《三傻大闹宝莱坞》，里面有个年轻人叫拉加。他戴了很多戒指，每一个戒指都代表了别人对他的一个期望：妈妈的期望、爸爸的期望、姐姐的期望……

这些戒指让他没法做快乐的自己。

人人都是拉加，被很多人期望着、左右着，从而导致我们很难坚持做自己。

尤其是在中国。中国几千年的儒家文化深入骨髓，那就是我们要“孝顺”“顾全大局”“舍小家为大家”。这是客观原因。客观原因要承认，但过于纠缠客观原因，意义不大。重要的是主观原因。主观原因是，我们自己没有强大的内心，太容易“转念一想”，然后就算了算了，无所谓了无所谓了。

讲一个最常见的场面：

几个同事在争论一个问题，你的观点有别于他们，一开始你还争辩两句，摆摆事实讲讲道理，但当大家都在嘲笑你说“大家都不这么看，就你……你的智商就那么高吗”“你还说什么，少数服从多数”“你这么特立独行，是想显得自己有个性吧”“你真是个奇葩”……

然后呢？大部分人都会转念一想：看来我可能真的错了。然后在下一次类似讨论时，默默转变自己的观点。一转变自己的观点，果然得到很多人的附和，自己也觉得：嗯，独乐乐不如众乐乐。

放弃坚持做自己、随大流、人云亦云，最大的好处是舒坦、有安全感。若干年后，事实印证自己最初的判断、观点是对的，悔之晚矣。当然，你也不会多后悔，因为你完全进入了一种“不再坚持做自己”的生活状态：你的口头禅是“无所谓啦”，一副色即是空空即是色、看破万丈红尘的样子。

这就是我们很多人的样子。

4

有一个问题来了：坚持做自己，万一错了怎么办？

首先，判断一件事，你该有属于你的观点。这观点不是无中生有，不是信口开河，是综合了你的思考、知识、积累、人生经验、阅历等因素，最后得出的结论。既然不是信口开河，你就要坚持。你的坚持，不是说不听别人的意见、骄傲自大，而是不要一听到反对的声音，就立即掉头。

带着不同的声音，你要继续往前走，学习、思考、实践，检验自己。如果确实发现自己有失偏颇，也不要立即调整，仍要再坚持看看，不要那么着急否定自己。

我们就是太容易否定自己了，尤其是年轻的时候；我们就是太担心别人说我们“奇葩”了，尤其是在一个群体里。

如何坚持做自己，还有一个值得借鉴的办法，来自李嘉诚。

李嘉诚也有很多决策，会遭遇股东们的反对或质疑。他的方法是，你们不同意、不理解，好，这个事我自己先做，先投资，如果亏了，所有的亏损我自己承担；如果大家看到希望，就来占股。

李嘉诚之所以成为李嘉诚，就是他总在想着法子坚持自己。

迷茫十解

1

是人都有迷茫的时候。迷茫不可怕，你又不是上帝或者菩萨。

2

不要想一下子从迷茫中清醒过来。你又不是去医院打针吃药，打针吃药还有个过程。

3

迷茫忌讳幻想。躺在床上想啊想，你会越来越迷茫。

4

动起来，缓解迷茫。去做一件小事，树立一个可以实现的小目标。

不是一个亿的小目标哈。

5

小目标，是为了早日实现成就感，人有了成就感就有了自信。人一自信，天下都是你的。

6

小目标，还是你了解自己的通道。迷茫就是不知道做什么，实现小目标后，你会了解自己多一点。

7

了解自己后，中目标、大目标就渐渐清晰了，忙得屁股都坐不稳，你终于不迷茫了。

8

生活会有迂回。在实现中目标、大目标的时候，你会有新的迷茫。就好像追到女神之后，夜深人静时会问自己："生活就这样了？"其实这不叫迷茫，叫"甜蜜的忧伤"！

9

迷茫是个好东西，关键你要走出去。外面阳光多好，你成天叽叽歪歪怨天恨地，活该。

10

迷茫的时候，好好读读以上 9 条。

二十几岁的蹉跎，换来中年的窘迫

今天讲一个老掉牙的词：中年危机。

有两种人的中年危机最突出：

第一类人，过得不错，但对未来没有安全感。这类人收入高，学历也高，在公司里是高管、总监，有房有车，但就是焦虑。在马斯洛需要层次理论里，这是一种更高级的焦虑，这种焦虑来源于内心，其原因有时候是对自我、未来的期待太高，有时候是杞人忧天。我今天不讲这类人。

第二类人，压根过得不行，未来完全掌握在别人手中。被房子、孩子压得不敢有丝毫的懈怠，收入、职场地位都不理想，同时又早已错过了东山再起的时机。长江后浪推前浪，他属于被拍死在沙滩上的那种“浪”。他的领导、老板比他年轻。甚至，90后已经将他碾压。他每天战战兢兢，如履薄冰，让他休假他都不敢。这样的焦虑，写在脸上。我今天讲的正是这类人。

为什么很多人一开始很潇洒，但到了中年就不行了？究其原因，人人各异。有人是命不好，有人是运气差，有人是人生经历动荡。但有没有一个共同原因呢？

有。

我想起吴晓波讲过的一句话，这句话跟我对身边中年人的观察和思考殊途同归：“所有的青春都是在为中年做准备。”说白了，这话跟人人皆知的那句古诗是一个意思：少壮不努力，老大徒伤悲。

可是人在二十多岁的时候会觉得这句话很傻。二十多岁的时候，你会觉得，人就是该任性嘛！爱谁谁、爱咋咋的！未来？呵呵，留给未来再说吧。

尤其是在今天这个讲究“小确幸”和“佛系”的时代，二十多岁的年轻人更容易陷入一种对平庸生活的默认和放任中。午后喝一杯咖啡即是幸福，然后喝着喝着就到了中年。遗憾的是，这些“小确幸”，并没有积少成多，实现从量变到质变，而是成了一堆无用的回忆。

时间是很残酷的。多少天才被时间打败。业精于勤荒于嬉，这个世界上极少有“后发制人”“后来者居上”的奇迹。活得好的人，都是一直走在奋斗的路上。我们认识的每一个牛人，都吃过我们想象不到的苦头。你不问，他不说。你问了，他也不会说，除非酒醉吐真言。

也许有人会说，你钟二毛的这篇文章是在贩卖焦虑；也许有人会说，每个人有每个人的生活方式，你管得着吗？这些话都是对的，但又都是错的。对，是因为每个人都有选择的权利；错，是因为每个人必须要承担责任。你二十几岁的蹉跎，导致了中年的窘迫，跟着你窘迫的，还有妻子儿女和年迈父母。除非，你此生一直是独自生活，社会关系简单到零。

远离那些超级现实的人

1

昨天晚上，给一女生送行。她要回学校准备毕业论文。中间，她谈到一个困惑。这个困惑，是她的研究生同班同学、一个男生对她的告诫。他奉劝她毕业之后不要再回深圳，更别再回到那家设计公司。

聊天记录里，这个男生劝起人来真是振振有词啊：你看你毕业都二十五岁了，你回到深圳，在设计公司里，天天加班，圈子又窄，就是上天眷顾你，遇到一个好男生，你都没有谈恋爱的时间。要在深圳的行业里混出来，你至少要熬五年，五年后，你就三十岁了，你能保证混得好吗，能当上知名设计师吗？要是混不好，三十岁的你，嫁给谁啊！

女生告诉我，这个男生的工作已经落定了：他考上了公务员。

果然，这个男生说话都是一副铁饭碗腔：

你回来就应该好好准备，考个公务员。你是学霸，考个公务员能难倒你吗？考上公务员，你的人生就不可能出差错，三十岁嫁不了人的风险就不会出现！

在聊天记录里，女生提到，因为自己的努力和进步，6月毕业回到公司后会加薪。这位即将上岗的公务员一脸不屑：

加个千儿八百的，在深圳有用吗，能买得起房吗？现实很残酷的……

2

生活中，和这位男生一个德行的人，少吗？

“现实是很残酷的”，这句话，大家耳熟吗？

你的性格太内向，所以你应该留在家里。你受欺负了受委屈了生病了，只要一个电话，父母可以照顾你，七大姑八大姨可以帮你出主意，办什么事要找个熟人、走个后门也容易。你要知道，你一个人去大城市奋斗，我们就帮不到你了，现实是很残酷的……

你文凭不高，才大专。你不是北大清华毕业，连一本都不是，你现实一点好不好？老老实实干好这份工作，不要心比天高，你竞争不过人家的。你现在贸然辞职，万一挑战失败，回头的机会都没有了，到时候我看你怎么办。现实是很残酷的……

你和你老公出了问题，就不能再忍一忍？你现在离婚，你有没想过，你一个人怎么过，你一个人带着孩子怎么过？要三思啊，现实是很残酷的……

然后，很多人被这句“现实是很残酷的”打败。所有的野心，闯劲，热情，立马降到零度。乖乖投降，缩在龟壳里，苟且，行尸走肉，混吃等死。

3

不能啊，兄弟们!

那些所谓的过来人，所谓拥有“先见之明”的人，他们永远把人当作一台机器，当成一辆汽车。

汽车一买回来，就开始计算：一年折旧费多少、磨损费多少，一年之后还值多少钱，两年之后又值多少钱。为了值到这么多钱，他们希望你这台车永远只走一条路，因为这条路平坦、弯道少、车辆少、事故少。

他们不希望你开辟新的道路，尽管那条道路风景更好，遇到有趣的同行人更多。他们喜欢把风险降低到零。

他们不是“现实”，而是“超级现实”。

他们不把人当人。

他们不允许人有个性，有梦想，有主观能动性。

你跟他们谈梦想，他们心里会说：梦想就是个屁!

4

他们才是个屁。

他们把稳定当成至高无上的准则。

他们把眼前能看到的当成是未来。

其实，这很可笑。

今天的稳定，明天随时崩塌，后天荡然无存。

今天能看到的，明天开始模糊，后天打满马赛克。

别忘了，今天是互联网时代。社会在加速度奔跑。

未来，稳定的公务员，很多岗位，将由同一个人取代。谁？机器人！

懂吗？

5

借用文学流派的说法，我把这些人叫作“超级现实主义者”。

做人要现实一点，没有错。

现实一点，是提醒我们树立目标要考虑自己的能力，做事说话要接地气。

超级现实，则很可怕；

超级现实，会抹杀人性。活生生把人埋葬在房子、票子、位子里。

远离！

必须远离！

远离那些看上去无比精明的、老成的、善于计算的“超级现实主义者”！

拖延症不是病，却很要命！

1. 首先要有一个认知，你之所以这样平庸，完全是因为你的拖拉和一个大写的“懒”。

2. 定大目标，更要制定小目标。因为你的大目标往往定了也是白定。不如制定一些小目标。

3. 小目标要写下来。

在纸上写下“今天我要干哪几件事”，然后，完成一项划掉一项。给自己增加成就感。

必须当天事当天毕。

4. 学会拒绝。

拒绝应该拒绝的人与事，你才有属于自己的时间。

5. 学会忽略。

有些电话、信息、邮件，是不需要立即回复的，不必那么着急。忽略一会儿，把自己的事情做完再说。然后利用碎片时间处理这些不着急的事。

忽略一会儿，天不会塌下来，放心。相反，不忽略，你就塌了。

6. 不要同时处理多个任务。

一个时间干一件事。

除非你是孙悟空，可以七十二变。

7. 要专注。

如果用不到电脑，那就把电脑关掉。

同时，非常有必要把手机放在自己看不到的地方，并且关掉铃声。

还不行？那就关掉手机。

几年前我曾经说过，如何让自己专注读书？把手机放进锅里。很多人做了，有效的。请模仿。

8. 给自己奖励。

今天的任务提前完成了，好，给自己加个鸡腿。

或者出去浪一会儿，杵在大街上欣赏下美女。

或者一身放松地刷刷朋友圈，勾搭下某个帅哥或美女。

9. 不要无节制地“刷刷刷”。

你“刷刷刷”看到的信息，基本上跟你没关系。认识到这一点。这是其一。

其二，杜克大学有一个研究，频频查询邮件、社交媒体，会让男人的智商下降十五个百分点，女人的下降五个百分点。这相当于熬了一个大夜或者抽了一支大麻。

10. 注重思考。

别“忙忙忙盲盲盲茫茫茫”。

每天花点时间思考总结下一天的得失。

这很重要，这会将你和一般人区别开。

现在！立刻！

1

2018 年第一天，我的跨年演讲全文《跨年演讲实录：认清这个时代的本质，再谈 2018 个人崛起》发布。里面提到四个非常简单的崛起条件：

A、找出自己身上的“最”；

B、买 15 本书；

C、精读，消化，花时间，琢磨，请教，吐出来；

D、成为某一个领域的小专家。

这几天，至少有一百个人向我询问各种问题。

下面是 3 组常见对话：

“二毛老师，我终于想出我身上的‘最’了！过两天按照你说的去买书。”

“别过两天，现在立刻买。手机上网搜索、下单！”

“二毛哥，15 本书买回来了，周末开始精读计划，耶！”

“别等周末。现在就开始，立刻研读。”

“二毛叔，你的文章太好了，我一定好好想想自己身上有什么‘最’。”

“现在就想。”

事后，我发现自己的回答里有几个词是一直在重复的：

现在！立刻！

2

现在快凌晨一点了，我困得要死，但又特别振奋，为什么？因为，连续两个晚上，我终于把一大堆报纸给翻完了，其中，仔细阅读了六个整版的对话——关于历史写作、先锋文学，还有两个整版的演讲实录、回忆录，还有四五篇有趣的千字文，好歹也有四五万字吧。

怎么会有一大堆报纸要我翻？这里谈到我的一个习惯。嗯，是的，对于很多人来说，这是一个不读报纸的时代，但我没有完全跟上时代，家里的报箱每天都有两份赠送的日报，我自己还自费订阅了周报《南方周末》《文学报》和一周三次的《文艺报》。虽然说现在报纸越来越薄，但不出一周，它们还是会挤爆楼下的信箱，送报小哥总会提醒我该去拿报纸了。我也确实是一周拿一次报。拿回来，先翻翻，把一些当时认为值得一读的文章抽出来，积攒在一起，然后告诉自己：等有时间再静下心来慢慢细读。

这往往会成为借口，是拖延症的开始。因为时间永远不够用，心静总是那么难。于是乎，这些“值得一读”的报纸，叠得越来越厚，厚到看到它们都觉得心情复杂：一方面，你知道，里面有些好文章，需要你去筛选、阅读；一方面，你又发愁，这么一大堆，我一张一张去筛选，好浪费时间啊，有这时间，不如做点其他事。

这是典型的拖延症的恶性循环。

不行，deadline 到了！立即，马上！昨天晚上九点，我给自己下命令，抛开一切杂念开始阅读。换个场景，比如在我的讲座、新书分享会上，我可能会说“阅读是件令人愉悦的事，不要强迫自己”，但是这两个晚上，我必须对自己说“阅读是一件可以强迫自己的事”。我强迫自己必须“干掉”这些积压下来的文章，结果很愉悦：我确实读到了好文章，享受到了阅读的乐趣。

这让我明白一个道理：太矫情、太讲究，是造成拖延症的一个原因。

3

你为什么不把工作做完？你会说，哎呀，我心情不好，好多东西都还没想清楚，工作做起来效果会打折扣的，我是完美主义者，我对细节方面要求很严格的。

你为什么不把一柜子的衣服收拾好？你会说，哎哟，人家现在没心情啦，等我哪天美美逛完街，做完 SPA，放一首小野丽莎的歌，再美美地收拾啦。

什么完美主义啊！你这是懒！好多东西都还没想清楚？不行动，你永远都想不清楚！还放一首小野丽莎，制造美美的心情？等你美美的心情出现，你也不可能把衣服收拾出一朵花来！

很多东西就是这样，得逼着自己去做，少讲什么心情和感觉。你不做，就永远没有好心情；你不做，就永远不会有感觉。心情不好，没有感觉，但投入进去了，工作一样可以做好，衣服一样可以收拾完。甚至很多时候的情况是，做着做着、收拾着收拾着，心情就好了，感觉就来了。

最关键一点，是要动起来啊！做事情太强调心情、感觉、环境、情调，往往很难干成大事。

这一点，在“断舍离”方面也适用。很多人都明白，家里的很多东西除了占地方，永远不会用到第二次，必须“断舍离”。但真的“断舍离”了吗？没有，那一堆瓶瓶罐罐、各种旅游纪念品，还有衣服啥的，任凭春夏秋冬四季轮回，一直堆在那里。为什么？就是因为自己总在想：“过几天看看，是不是真的用不着了。”

怎么办？扔啊，而且是现在！立刻！扔！！！

4

最后讲个故事。

讲故事之前，我问大家有没有注意到一点，在农村，或者说不局限于农村，很多老人一辈子只做三件事：一是结婚成家生孩子，一是送走逝去的老人，再一就是盖房子或者取得所谓事业上的一些成功。这三件事一完成，他们往往会说：“我现在身上没负担啦，活一天算一天。”这种话说不得，因为很多老人还真是过不了几年就去世了。

记得作家贾平凹写过一篇文章，大意说，生命是上帝给的，是有用的，你没负担、没事干了，就是没用了。没用了还要你干啥？

接着说故事。很多年前，我认识一个八十岁的老人，他有个习惯，每年大年三十晚上会干一件事：制订来年的计划。比如去哪里玩啊，会见哪些还在世的老朋友啊，等等。他的计划很细，会列在一张表格上，大年初一就开始执行。每年他活得都很充实。他身板硬朗得很，心情也不错。他说他要活到一百岁，因为每年都觉得还有新计划。我相信他一定可以活到一百岁。

这个故事貌似跟拖延症、“断舍离”关系不大，但其实殊途同归，那就是做任何事、在任何时候，不要太纠结于自己那点小情绪，不要自己给自己制造障碍，先干了再说，行动起来。

一旦想到要做什么事，立刻告诉自己：

现在！立刻！

你有几道“斜杠”？

1

上周六，在广东惠州一小岛上跟一群“热动”专业的工科生分享“讲故事”技巧，开场白部分，我讲了一个词：斜杠人生。

斜杠是什么杠？单杠、双杠？还是开杠、胡了、给钱？都不是。

“斜杠”是一个正流行于美国的新词，来源于英文“Slash”，最早是《纽约时报》的专栏女作家麦瑞克·阿尔伯在自己的书中提到的。这本书名字叫《双重职业》。这个女作家提到一个现象，那就是越来越多的年轻人不再满足“专一职业”这种无聊的生活方式，而是开始选择一种能够拥有多重职业和身份的多元生活。

打个比方。我们看王石的介绍，他的身份是：企业家/登山家。陈坤的资料显示：演员/歌手/“行走的力量”公益项目发起人。到了我喜欢的志玲姐姐这里，成了：演员/主持人/模特。到了钟二毛自己这里，是：不入流作家/资一点也不深媒体人/野路子策划人与文案高手/正儿八经的超级奶爸。

这么一讲，“斜杠人生”大家就很容易理解了。

2

很多人一定有一个疑问：

钟二毛，你一直说“这是一个什么都不缺，就缺专注的时代”，现在又鼓励大家过“斜杠人生”，不是自相矛盾吗？

这怎么会矛盾呢？“斜杠”，要求你发展多元兴趣，涉猎更多领域，不是让你到处蜻蜓点水。“斜杠”是有主次之分的。一般来说，排在第一位的那个关键词，是你的主业、专业、职业，也就是你的拿手好戏，你吃饭混世界的绝招。

比如王石，他的第一个身份一定是企业家；陈坤则一定是演员。

当然，随着时间的变化，各个关键词的前后位置有可能会发生变化，比如十五年前，志玲姐姐的身份排序可能是：模特 / 演员 / 主持人，十年前就变成了：主持人 / 模特 / 演员，五年前则变成了：演员 / 主持人 / 模特。

我们每个人都有属于自己的第一个也是最重要的身份。这个身份，就是我们必须下大力专注的领域，会奠定我们的基本人生。

3

“斜杠”与“专注”，不仅不矛盾，反而会互相补充。

上周五，深圳的一位资深人力研究专家通过“在行”App 找到我聊怎么写出漂亮文章、讲出动人故事。她讲了一句话，让我记忆深刻。她说她这十多年没转过行，一直专注在人力资源这个领域，并且成为了这个领域的大咖，现在最想干的事，却是跨界学习别的学科，比如心理学、传播学。我觉得她是对的，清醒的。跨界的目的是什么？打通。把人力资源研究跟心理学、传播学打通，没有不好，只会更好。

我们经常会开玩笑说：不会演戏的医生不是个好厨师。我们还经常讲另一句玩笑话：某某某，明明可以靠脸吃饭，却偏偏要靠才华。其实，这些话调侃的都是同一个意思：一个人要一专多能，打通多个领域。

王石登上了一座又一座高峰，你说这对他做企业没有作用？肯定不会。一个企业家亲身体验过生死，懂得坚持与放弃，他一定比别的企业家更有智慧。

陈坤带领一帮人发起“行走的力量”公益项目，你说这对他演戏没有作用？肯定不会。有了生活体验，接了地气，戏一定演得更好。

所以说，第一条“斜杠”之后的身份，在发挥着看不见摸不着的神秘作用。

4

“斜杠”的意义在于它能让你变得不一样，变得更丰富、立体。

必须要说，社会已进入了互联网时代，科技发达，我们看上去很厉害，人不出门可知天下事，人不出门可解决天下事，比如：订餐、买衣服、工作、视频聊天、视频会议。只要你有一台可以上网的电脑。

越是这样，人越孤独。因为人活在虚拟世界中。

很多人一旦脱离了工作和家庭，整个人是傻掉了的，不知道干什么好，干脆宅在小房子里，继续上网。

这时候，“斜杠”发挥作用。

“斜杠”，让我们扩大社交圈，找到新的社群；

“斜杠”，让我们获取新的认知、新的生活；

“斜杠”，还有可能让你重新认识自己，甚至重新定义自己。各个关键词的排名顺序因此发生变化——本来是一个简单的兴趣爱好，最后却成为成就自己的法宝，这样的传奇故事并不少。

5

“斜杠”这个话题，容我再讲深刻一点。

我一直说我有自己的一个观察和总结：“直立行走、发明蒸汽机、普及互联网，是人类的三大革命。”那么，“斜杠”是人类革命发展到“互联网普及”这一阶段的一个自然产物。

直立行走，解放了人的双手，提高了工作效率。

蒸汽机，解放了人的双脚，有了火车、汽车，人可以去更远的地方，迁徙成为可能。

互联网继续解放人类，人有更多的精力、渠道涉猎更多领域。其中最重要的一点是，互联网让学习的成本变得越来越低。体验别样人生，也越来越容易。

所以，未来会有越来越多的厨师成为会演戏的好医生。

6

重要的事，放在最后说：你的“斜杠”一定要能拿得出手。

买了个唱片机回来，就好意思说自己是“古典音乐研究者”？

一个纯“吃货”，就好意思说自己是“美食家”？

你以为“斜杠”简单如一条斜杠？

你必须潜心研究，跨过“爱好者”这道门槛，成为专业人士。

这要求你专心、专注、下功夫；这要求你保持热情、耐住寂寞。

这又何尝不是修行？

7

OK，是时候问问自己有没有“斜杠”、有几条“斜杠”了？

一条都没有？

赶紧操练起来！找到自己的“斜杠”，把时间耗费在“斜杠”上，让“斜杠”清晰明了、刚劲有力。

别到时候被甩出了几条街，还不知道自己是怎么个死法！

起手抓到一副烂牌怎么办?

一年又将结束。很多人习惯性进入自我怀疑模式：这也没做好，那也没做到，各种不满意。恰好，我这里有个故事要讲给你听：

昨晚我和初中班主任微信联系上了，热热乎乎聊了一个晚上，得知一个同学得了抑郁症，说实话，我一点也不觉得奇怪。我这个同学是位美术特长生，那时候我去过最远的地方是县城，他去过省城，而且还不止一次，干吗？领奖。他一直很勤奋，他的目标是中央美院油画系。然而，上帝在最关键的时候，给了他一个绊脚石，高考总分终究还是距离中央美院的录取线，差了一小小截。最后录取他的是另外一个美术学院的油画系。这个美院也不差，也是中国八大美院之一。然而，他就是不服气、不开心。大学寒暑假的时候，我们聚在一起，他除了发别人的牢骚就是发自己的牢骚。可见，他大学四年是在自怨自艾中度过的。毕业后，他选择了自由职业，一开始是创作，后来又开画廊，但均没有起色，这其中很大一部分原因是他古怪的脾气。

挂了电话，我就想起自己的经历。要跟得抑郁症的这位同学相比，我简直没脸见人。首先，我上的不是什么重点大学，这不重要，关键是我学了一个自己一点也不喜欢的专业——法律。是的，一点也不喜欢。作为一个小镇青年，参加高考的时候，我心里只有一个念头：能考上大学就 OK。父母和老师也都是这个想法。我是上了大学、开了课之后，才发现自己压根不喜欢什么法律。怎么办？难不成你还要退学？家里人不打死你才怪！只好硬着头皮继续上，熬过了头两年。大二第二个学期一过，呵呵，老子自由了。因为英语四级过了。大三大四混混专业课，60 分万岁，毕业、学位不成问题。于是，在大学最后两年，我释放心中压抑已久的写作梦，一口气找了两家报社实习。一个除了一腔热情啥也没有的愣头青，厚着脸皮偷师学艺，毕业前在全国几十家报纸杂志发表了一百多篇文章，赚了虚荣，还有稿费，大学毕业找工作也都还算顺利。

有一种生活叫不完美，有一种生活态度叫经历不完美。正如我的这位退休多年的班主任的“谆谆教诲”：一个人如果能够放下追求完美的心，一定可以在不完美中找到新的完美。

班主任这段话，让我想起一个故事：五星上将、美国总统艾森豪威尔年轻时，有次和家人玩牌，连续几次都拿到了很糟糕的牌，他情绪很差，态度也恶劣起来。母亲见状，说了段令他刻骨铭心的话：“你必须用你手中的牌玩下去，这就好比人生，发牌的是上帝，不管是怎样的牌，你都必须拿着，你要做的就是尽全力，求得最好的结果。”

这个故事讲完，我突然想，我们很多人起初拿到的都是一副烂牌！人家是富二代，你呢？人家是官二代，你呢？人家长得好看，你呢？人家是名校海归，你呢？人家顿顿吃肉不长胖，你呢？人家手里有房敢去见丈母娘，你呢？

人生就是一场牌局。到了该出牌的时候，你是躲不过的。与其磨磨叽叽不出牌或者出牌了又反悔讨人厌，不如一上手就调动每一根神经，眼观六路耳听八方，调兵遣将有勇有谋，即便输，也输得一身硬气。

上帝偏爱笨而勤奋的人

我这人喜欢鼓励人。比如写小说，我说写小说一点也不神秘，不限年龄，不限学历，啥都不限，你就拿起笔，先写自己最想写的故事。写了再说，写完再说。然后，慢慢地你会发现自己哪里写得好，哪里写得不好，再然后，通过阅读、比较，明白“为什么”，接着再写，很快，你就会豁然开朗。

有人会说：不行，我这人好笨的。我说：我刚才讲的方法就是最笨的方法。“我好笨的”四个字，是很多人的口头禅。一旦要真枪实弹干点事，很多人喜欢用这四个字来“劝慰”自己。

讲个曾国藩的故事：

晚清“四大名相”之一的曾国藩，年轻时智商和凡人无异，最终能够打通科举这条路，靠的完全是“笨劲”。父亲要求他，不读懂上一句，就不读下一句；不读完这本书，就不摸下一本书；不完成一天的学习任务，绝不睡觉。他不懂什么“技巧”“捷径”，只知道一条路走到黑，不撞南墙不回头。这种“笨拙”的学习方式，在他身上培养起超乎常人的勤奋、吃苦、踏实精神。他考秀才考了整整九年才金榜题名。但是，一旦开窍之后，后面的路就越来越顺。中了秀才的第二年，他就中了举人，四年后，又高中进士。而那些早早进了学的同学，后来却连举人也没考中。他总结自身经验，多次说这得益于自己基础打得好，所以“读书立志，须以困勉之功”。

再讲个现代的故事。

前几年看过一篇文章，1995 年诺贝尔文学奖的获得者爱尔兰诗人谢默斯·希尼，在谈到另一位诺贝尔文学奖获得者，著名诗人约瑟夫·布罗茨基时，特别敬重地说到了这样一个情况：“我觉得，他改变了美国的文学习惯。约瑟夫所做的，是坚持记忆的重要性。美国大学里的诗歌教师，现在都常常要求学生背诵诗。这件事几乎是约瑟夫·布罗茨基一手促成的。他二十世纪七十年代初来美国，当时文学教育中已不讲究背诵，没有人背诗。就连哈佛也没有人要求背诗。他来了，要求这些人，哈佛的本科生读诗背诗。我想他有点儿独裁，毕竟他是在独裁政权下成长的。但我觉得他让人们明白念诗的快乐。”

什么意思？网络时代，你要搜索任何东西不过是一秒钟的事，但“背诵”这个古老、笨拙的学习方法，一样有必要，也一样有奇效。

瑞士著名的钟表师马修在很多场合都被问到，为什么他造的钟表总是那样准确，马修的唯一回答是：或许因为我比较笨拙吧。

所以说，笨不要紧，关键是你要尝试，并且不要轻易放弃、停止。

就像磨刀一样，要一直磨磨磨磨，才有可能“霍霍向猪羊”。笨不能成为借口与障碍。相反，笨拙有笨拙的好处。笨拙的人没有智力优势，不会耍小聪明，更细心和谦虚。笨拙的人从小被人嘲笑惯了，抗击打能力强。笨拙的人一旦开窍，会如解开了沙袋的双腿，健步如飞，因为他之前在黑暗与孤独中摸索得太久了。

上帝会偏爱笨而勤奋的人。

做自己的“保护伞”

上周末，我的一个读书分享沙龙上，一位小伙子匆匆赶来，说是坐了一个半小时的公交转地铁，怕迟到，出了地铁还打了出租车。我注意到，小伙子整个晚上就在交换名片，对方没有名片的，他就等着扫人家的微信。一堆人就他最忙！跟他这一系列动作相匹配的是，活动中，他分享的书的名字叫《人脉就是命脉》。我不知道该怎么说他，但我觉得这种状态是不对的。

转折就在这时发生了，他问了我一个问题。

他说：“二毛哥，你之所以能写这么多小说，能讲这么多精彩故事，跟你当过十几年的记者有关吧？因为你打过交道的人多，认识的人多。”

我实话实说：“一毛钱关系都没有。”我说，我当了十几年记者，所谓的采访，所谓的“每天认识很多人”“跟很多人打交道”，行使的不过是工作职责，你跟“很多人”的交流仅仅是工作层面上的，“很多人”不会把他的人生悲喜告诉你。工作中认识的人，能够真正成为朋友的，很少。而小说，需要的是能够进入人心的故事，所以记者这个职业对我写小说的作用，可以说是似有实无。

他不甘心，又追问了一句：“那你积累的这些人脉，以后干点别的什么事，也可以助你一臂之力。”

我说：“这都是一厢情愿的想法。在工作中认识的人，一旦跟你不再有工作上的往来，所谓的人脉就是个零了。这不是因为人走茶凉，这是因为人脉就是利益往来。”

小伙子默默坐下，不说话了。

事实就是这样。不信，你打开抽屉里一摞一摞的名片，看看能记住的有几个？电话打通了，会接听的有几个？接听了，别人能记住你的又有几个？

所谓人脉都是建立在平等且互有利益需求的基础上的。人脉人脉，脉有脉动、脉息，是活的，是流动的。凡是你单方面有求于人的“人脉”，都是死的、封闭的。为什么？没有人愿意跟你进行有效互动、对话。这不是残酷，这是现实。

你可能会讲，万一我遇到个贵人什么的……抱这种想法的人永远不会遇到贵人。贵人出门下雨时，请问你带了伞吗？你没带伞，贵人没法跟你一起走，因为他也怕淋湿。“伞”是什么？还是你的附加值。

所以说，今天参加饭局，明天参与活动，有个屁用！

与其忙着赶场，不如下班早点回到家里，下厨弄个小饭，看本小书，听首小曲，放松下心情，总结下工作心得，整理下工作思路。既怡然自乐，又提升自己。

与其期盼贵人，不如镇静下来，花点时间，熬一熬，把自己熬成有“伞”的人。

至于赶场、发名片的事，咱以后别干了。

什么人脉，歇歇吧。

那些看起来很厉害的年轻人

1

第一个故事，主人公是我一个亲戚的孩子。

小伙子大学毕业一年了，但一直还在继续上大学。

什么大学呢？

“家里蹲”大学。

你问他为什么不出去找工作？

且听他娓娓道来：

第一，虽然大学毕业了，但总感觉自己掌握的知识不够用，想在家里好好自我完善一下知识结构，涉猎更广泛的领域，让自己变得更丰富、更立体；

第二，与其出去找工作四处碰壁，不如在家多待一年、修炼自己，这样一出手就不凡，磨刀不误砍柴工，急什么；

第三，人生第一步太重要了，一脚踏出去，必须是黄金坑，否则一步输了，全盘皆输。

哇，看起来好厉害的样子！

说白了，这就是懦弱、借口多。照这个思维继续下去，“家里蹲”大学还得继续上。

2

第二个故事，事关前几天在饭局上认识的一个小伙子。

二十七八岁的小伙子，一个晚上都在抢话题，夸夸其谈。

他谈的都是一些很新、很潮的话题。

关于“互联网＋”，他每句话都必提一个词：“链接”。链接一切、链接世界、链接……然后就是这个风口，那个趋势。

关于网红，他谈到 Papi 酱的成功来之不易。Papi 酱毕业于中央戏剧学院导演系，还是硕士，是有着过硬功底的。

关于前段时间的湖南洪水，他说在江西赣州，有一条宋朝修建的城市下水道如何先进……

哇，看起来好厉害的样了！

他炫耀的所谓的“独特见解”，都是你知我知大家知的信息（“宋朝修建下水道”那篇文章，很多人都在朋友圈转发过），都是市面上的流行语。这还需要你大段大段地说出来吗？你是在显摆学识，还是超强的记忆力？关键他以此为傲，真以为自己知识面广，且掌握了真知。

他是典型的“知道分子”——知道而已。

3

第三个故事，事关通过“在行”与我交流写作的一位女生。

这位女生告诉我，她其实早已不是一个初学者了。理由是，她初中就在家乡的报纸上发表过散文；同时她还写过诗歌、歌词，还通过微博私信，向国内著名的某位女歌手投过稿，“我估计她是没看我的私信，看了，没准就把我的歌词谱成曲了”；她还写过短篇故事，而且早在张嘉佳“睡前故事”微博走红之前就写了，张嘉佳爆红后，她觉得无望，就不写了；最后她谈起自己混过的圈子，认识这个大咖那个大咖……

哇，看起来好厉害的样子！

她无非是浅尝辄止，挖了几锄头地，发现没水，然后又去挖另外一个地方。她自以为不成功的原因要么是运气不好，要么是被别人抢了先机。其实她是一点坚持、探索、专注的精神都没有！自然难成事。

4

生活中，很多人都是一副“看起来很厉害的样子”。尤其是有了智能手机和互联网后，百度一下，轻松获得知识，转身就“现炒现卖”、夸夸其谈。

其实这是懒、逃避现实；

其实这是肤浅，自以为是；

其实这是“万金油”，流于表面。

最可怕的是，这些“看起来很厉害”的人，还沉浸在自己营造的美好氛围中，指点江山，激扬文字，唾沫横飞，没完没了。

这样的人，迟早蹉跎岁月，温水煮青蛙，一天一天把自己干掉。

当警醒自己：脚踏实地，深挖洞，广积粮，择一而专，真正成为某一领域的专家与高手，唯有这样才是“厉害了，我的哥”！

敏而好学，但不能“无耻下问”

生活中，会经常碰到一些超级爱提问的人。爱提问是好事，但有些人的提问，你会故意装作没看到。因为他问得你生无可恋。

比如：“我可以转发你的微信文章到我的朋友圈里吗？”叫我怎么回答？我回答“可以”，辱我智商。

还有：“开通公众号需要钱吗？”你说呢？公众号是上个月刚刚冒出来的新生事物吗？还是你刚从火星回到地球？类似的问题还有“五险一金是什么？”“正式上班了要签劳动合同吧？”……

不是每个傻白甜都可爱，人家不是跟你谈恋爱。

再比如：

“你能不能推荐几本好书给我？”

“我推荐的未必适合你呀，各人有各人的口味。你自己到书店转一圈，找自己喜欢的。”

“我不想去书店。”

“那到网站浏览下，或许也可以有新的发现。”

“我就想让你推荐给我。”

……

再再比如：

“你觉得我这样的性格适合找什么样的女朋友？”

“抱歉，我不擅长这个。”

“你就给我一个建议吧。”

“建议不了。”

“上次找工作的问题,你还给了那么多好建议,这次为什么不了？”

……

再再再比如：

“我到了你搞活动的地方附近了，但是找不到啊，怎么办？”

“别着急，我给你微信发一个位置，你根据导航慢慢来。”

“不行，我不会看导航。”

“很简单的，你打开，按语音提示，一目了然，大家都是这么找到的。”

（位置发给她了……）

“看到导航头是大的。你能不能告诉我到底怎么走？”

……

可怕的是，这些提问者往往有强大的“逻辑”支撑，比如：

“我年轻我不懂”；

“我知识面窄”；

“我这人性格直，想到什么就问”；

“我公主病犯了”；

“我问你是信赖你”；

“我问你是觉得你牛”

……

两千五百年前，孔老夫子讲“敏而好学，不耻下问”，但也得看你问什么，怎么问。“敏而好学，不耻下问”，孔子夸的是卫国大夫孔圉学习态度谦虚、真诚，不是真让你一点屁事都去发问。生活常识你也问，你不是敏而好学，是懒，是“无耻下问”。

一些小问题，随便网络搜索一下，答案就会出来，你缠着人千万次地问，你这是没有教养。

别人告诉你方法与道理，你依旧希望别人喂你一个简单粗暴的二手答案，你这是对自己不负责。

真正的求知一定不是一件轻松事。你看“知”这个字在《说文解字》里怎么说的：“识敏，故出于口者疾如矢也。”意思就是：认识、知道的事物，可以脱口而出。“知”区别于“识”：“知”强调内化于心，“识”强调语言表达。如何才能内化于心，它靠的是主动寻求、烂嚼于心、反刍多次，而不是他人的“一二三四二二三四”。

面试官手记

春节过完，迎来求职季。我这两三年，连续应一家大公司之邀担任面试官。有几种现象，还真想拿出来说说，但愿能给近期要面试的朋友提个小醒。

1

一位男生刚进来，屁股还没坐稳，就问："你们这里周六要上班吗？"

还有一位男生，人还在排队，就跟为他端茶倒水的前台妹妹叨叨："你们公司连个咖啡机都没有啊？"声音还挺大。

这些人我问都不问。倒不是说他们太直接，而是他们连对人最基本的尊重都没有。人家公司邀请你过来面试，是希望双方有一个深入了解，以期待合作、共事的机会。人家前台妹妹好声好气为你服务，你一脸鄙夷的样子。

你这哪里是找工作，分明是皇帝后宫选妃子！

2

一女生，不懂装懂，满嘴跑火车。你问她一些微信公众号的问题，她回答的是微博的内容。面试前做功课，这是理所当然的事。退一万步说，即使没做功课，或者一时紧张忘记了，也大可不必信口开河。

你说一句“不好意思，这块内容我不太了解”，比闹得笑料百出要好一百倍。因为不是所有的老板都喜欢经验丰富的人。有的老板恰好喜欢没有经验的新手。“不好意思，这块内容我不太了解”，这句话之后，你加一句“但是”：“但是，我对这个东西有兴趣，相信经过学习，很快会上手。”这就很完美。

没有谁不喜欢真诚的人。

讲个更搞笑的故事。一位女生去平安保险应聘。面试官问她对平安有何了解？女生说：“经常在电视里看到平安保险的广告，代言人是姚明。”面试官“哦”了一句。大姐，姚明代言的是中国人寿，好不好！

3

有的人也许大概可能真的有才，但那姿态令人绝望。

“贵公司未来三年有什么发展规划呢？”

“我要来的这个部门人员构成如何？男的多还是女的多？”

“你们创始人的资料我百度了一下，没找到。”

一个人，就算你很牛，你也要让人觉得舒服。让人觉得舒服是有教养的表现。你是过来面试，不是来当合伙人。即使有一天，你有可能成为合伙人，那也是以后的事。

好了，等你问他一些专业问题，他拿不出东西了。要么说的是人人皆知的大路货，要么就说得模棱两可生怕人家窃取他机密，让人心累又心塞。

4

在大部分面试中，求职者和面试官的心态可能会有些不平等。毕竟求职者是在“求”。这样的心态也挺好，它要求你做基本的功课，对人有基本的礼貌。

当然，如果能把面试理解成“双向选择”更好。它会让你更坦然，让面试成为一个平等交流的机会。得之，不是我幸，而是互相需要；不得，也不是我命，而是缘分没到。

面试，宜真诚，忌夸张；宜温和，忌咄咄逼人、飞扬跋扈。成不成，都给人一个美好印象，有何不可？

这七类人，去大城市吧！

春节结束，要上班了。很多人开始纠结：

我是留在小地方，还是去大城市？小地方好，还是大城市好？

这个问题，不管你问菩萨还是耶稣，他们估计都会一笑带过，然后念经、布道去了。

因为这是个因人而异的伪命题。

如果你是个安于现状的人，小地方肯定好啦：出门就是七大姑八大姨，看个病有关系连挂号排队都免了。当然问题也不少，那就是日子啊就在人情、关系、酒桌里转啊转，然后就结婚生子、然后就……老啦。

如果你是个总想仗剑走天涯的人，大城市更不错：提升你眼界的不是高楼大厦，而是形形色色的牛人和新潮玩意。用“老子没吃过猪肉，难道还没见过猪跑”来形容最合适不过。当然问题也不少，那即是，大城市里你渺小如蚂蚁，并且大城市永远不相信眼泪，任何事基本上都你自己扛，连烧杯开水都要你自己动手。

下面几类人，在我看来，适合到大城市去。

1. 二十郎当岁的人

理由：

年轻人就是要闯啊，这没什么好说的，哪怕你觉得你是个内向的人。谁说内向的人就不适合出去闯？马化腾年轻的时候也内向。年轻人天生为大城市而生：精力充沛，学习能力强，反应快，容易接受新鲜事物。

到大城市去，眼界、格局、思维注定跟待在小地方不一样。有在大城市工作、生活几年的经历，即使再回到小地方，也会有自己的优势。

很多人一定说：在大城市待几年，可能就回不去小地方啦。那是你把自己僵化成了一团水泥混凝土，硬邦邦的，从此无法改变。大城市的经历，应该会让一个人阅历变得更丰富、个性更柔韧。

2. 出身于农村、穷乡僻壤的人

理由：

出身于农村、出身于穷乡僻壤，要钱没有钱，要背景咱只有背影，说白了，咱就是最底层的底层、草根中的草根。这还有什么好说的——冲啊！到可以通过自己双手改变命运的地方去。

现在的大城市，宽容，自由，英雄不问出处，基本上没有本地人、外地人之分。不像以前，还有“排外”一说。二十世纪八九十年代初，你不会讲粤语，你到广州问路试试，很难的。

大城市适合草根，大城市允许野蛮生长。

3. 从事影视、创意、互联网、商业艺术等领域的人

理由：

这些领域的顶尖牛人都在大城市。这些领域的大公司、大平台也在大城市。这些领域的最新潮思想也都是从大城市开始的。

干这些工作，你不走在前沿地带，那还有什么搞头？

4. 爱折腾、爱自由的人

理由：

在小地方，如果你有某个特别的想法，往往会有十盆冷水泼向你："你太异想天开了""就你聪明""没那么容易的""还是老老实实干吧""你负得起责任吗"……他们这么一说，你晚上睡觉一想：唉，他们也是为了我好，算了算了，按部就班吧。然后第二天该干吗还是干吗。另外，泼你冷水的人里，还不排除有害怕你过得比他好、比他成功的。

在大城市里，更多人是鼓励你去尝试。大城市是人与人相对平等、互相链接的社会。你成功了，对他人也有好处：可以跟你合作或效仿、借鉴啊；你失败了，你自己承受。在大城市，你自由了，但是压力也大了。人在这两种力量的夹击下，往往容易把事情做成功。

5.“创业狗”

理由：

创业最需要的往往不是资金，而是好的想法与机会。大城市里各种新思想、新观念层出不穷，只要打开身心，你捕捉到商机与点子的概率，要比小地方多。大城市线上线下见到志同道合的人也相对容易，很容易找到合作伙伴。投资人也都集中在大城市里，好项目找到投资人的路径多，也快捷。

而在小地方，要创个业，可能先要把酒量练好吧。

另外一点很重要：在小地方创业失败了，你就是反面教材，你还想东山再起，好难哦；大城市创业失败了，你不说鬼都不晓得，大不了老子从头再来。

6.不愿被各种人情关系折磨的人

理由：

有人的地方就有人情和关系，但相对于小地方来说，大城市没那么注重人情关系。

小地方，没关系，办事难。你必须要有一个熟人。你有一个熟人，与另外十个人可能就扯上了亲戚关系、同学关系，事情就好办了。大城市呢，很多事情都是背靠大公司、大平台的，打通了这层关系，还有十层关系等你去打通。加上制度分明，攀关系往往吃力不讨好。

在大城市，人会活得相对简单轻松一点。

7. 超过 35 岁，父母年纪尚可、身体健康尚可、家庭经济条件尚可，心里有梦想且不死心的人

理由：

这一条适合不死心的人。日本心理学家森田正马说：“每个人心中都藏着一个叛逆的小孩。人生要有哪怕一次，放出自己内心那个叛逆的小孩，这样，到老的时候，我们才不会感叹，这一生，我都在为别人而活着。”那就去呗。

最后说明：何谓“大城市”？我的理解是北上广深，以及杭州等经济发达地区。

离开体制出去浪，你该做什么

1. 问自己：为什么要离开？

是平台太小，还是机制死板，限制了自己施展才华？如果是，或许你的想法是对的，那就赶快行动。

但是别忘了，很多人是因为自己没能力、懒、情商低、不会表达、人际关系糟糕导致混不下去了，才想到离开。这就要注意了。能力不行，体制内你吃不开，体制外你照样吃不开。

2. 问自己：我能为自己做的决定负责吗？

能，走；不能或者犹豫，别。因为你没有做好心理准备。开弓没有回头箭。

3. 离开体制前，还是综合考量下自己的长处和短板为好。

这个世界上，确实有很多成功者是这样的，一冲动，就做了某件事，结果逼上梁山，最后成了、发达了、牛了。

但这个概率不大。

4. 必须要有一个心理准备：刚出去，一开始，结局往往是两个字——失败。

5. 失败是常见的，失败是一定的。如果失败一次，你脆弱的小心脏就受不了了，就哭天喊地，懊悔连连，那趁早死心吧。

越败越战，败九胜一，这是闯江湖者的必杀技。

6. 不少离开体制的人，确实会有一个感受：离开体制天地宽。做事更有成就感，赚钱也更容易。但是，“天地宽”不代表你能成功。

7. 离开体制，最紧要的一条：要有强大的学习能力。

要下海，首先得报名学个游泳吧。会狗刨了，还得继续学自由泳、蛙泳、仰泳。不然，怎么应对海浪？

8. 面对新的选择，要做新的决定，我们会犹豫、纠结，这是正常的，也是必要的。不要因此否认自己，不要因此就觉得自己性格懦弱、不果断、有问题。

9. 不管离开不离开，让自己强大是最重要的。甚至，智能时代里，你要战胜的根本不是同事、同行，你要战胜的是这个时代。

做人生赢家，从十件小事儿开始

1. 每个月读完一本书。

什么书都可以，你自己选。

是读完，不是翻完。

做好笔记。

读完后，尝试在饭桌上分享给朋友们。

第一次分享效果不佳，没关系，再来第二次，第三次。

这样一年下来，你晃晃脑袋，至少里面会有点响动。

2. 瘦十斤。

现场记下你的体重。

每周标记一次，逼着自己紧张。

一点一点地减下体重。

记得奖励自己。

3. 早睡早起。

每天晚上 11 点准时睡觉。

第二天早上 7 点起床。

无论周末平时。

无论有没有女（男）朋友。

无论身处何处。

享受自律带来的大部分人无法体验的快乐。

4. 每周给父母打一次电话，聊聊家常。

别总是在朋友圈里尽孝，假得很。

5. 朋友聚会时不要把手机摆在桌上。

眼睛看着眼睛交流，多好。

另外，你自己做到了，你的朋友也会受影响：这等于你影响了别人，传递正能量。

6. 不再购买重复的东西。

人是有惰性的。

所以：

我们喜欢吃相同口味的冰淇淋；

我们喜欢交相同类型的女（男）朋友；

我们也喜欢买相同款式的衣服。

警告自己不买重复的东西，是为了点燃好奇心，感受这个世界的丰富，尝试新的可能。

7. 让家里的花或者金鱼活过一年。这其实很难，尤其是养金鱼。这真的需要用心去琢磨，查资料、请教有经验人士。你要享受为一件小事专注的快乐。

8. 一周有一次自己一个人走路回家，安安静静的。

独自走路回家的过程，看看忙得屁股冒烟的你忽略的日常风景：街边的商店、等公交的人群、送外卖的小哥、放学回家的小学生。

独自走路回家，也是思考、整理自己的过程。

如果路程太远，也可以中途扫码开一辆共享单车骑。

9. 白衬衫要手洗。

第一，白衬衣要手洗，因为它是白衬衣；

第二，白衬衣要手洗，是换下来之后，顺手就泡上洗衣液，过一会儿后立即开洗。

这样做的好处是，你对白衬衣好一点，它就对你好一点，你穿出去也会好一点。

10. 不再吐槽前任，包括过去让你糟心的事。

往事不可追，旧人不可忆。

每天对生活有新的期待。

哼着小调，轻装上阵。

第三辑

生活智慧：大闹一场，静静离去

小心这3个P

前两个月，因为母亲身体原因，我每个周末都会坐高铁回老家。一些中学同学知道消息后，也会赶到我家中，探望母亲之余，我们自己也会叙叙旧。

叙旧中，大家提及三个同学遭遇挫折之后的故事，不禁唏嘘。

1

A君大学毕业后开始在深圳办工厂，工厂效益最好的时候，员工有四百多人，最平淡的年份也有将近一百人。他的特点就是胆大心细，在我们还在谋求体制内的生活的时候，他当起了老板。

A君的转变发生在2008年，事由是炒股。2007年股票涨到6000点的时候，他杀进去了，结果股市一泻千里。越想解套越被套，他所有家产都亏进去了。炒股两年，自然疏于对工厂的管理。工厂业务顿减，客户投诉增多，骨干员工出走，形成一个恶性循环。

炒股失利，他的妻子并没有因此大吵大闹，每天均是好言相劝，劝他把精力放回开厂这件事上。妻子越是知书达理，他越是一蹶不振。

他陷入无限的自责中，觉得对不起妻子儿女，对不起家庭。回到厂里，面对一堆烂泥，他无力再糊上墙。他再一次陷入自责中，觉得对不起当年一直跟着他打江山的兄弟们。

自责像瘟疫，具有传染性。自责也像麻药，具有麻醉性。A君在自责中度过了很多年。他不想干任何事，除了自责。任何事都提不起他的兴趣，除了自责。

2

高中时代的B君，读书不错，学习上等，篮球打得好，是校队队员，性格活泼自信。下午的时候，住校的女生经常打完饭就去篮球场台阶上坐着，边吃饭边看他练球。

B君高考发挥失常，连中专都没考上。他从此一蹶不振。我读大学时寒假回到老家，同学之间还有一些聚会，印象中他喜欢说一句口头禅：“不要高估自己。”这句口头禅更多地是在说他自己。他埋怨自己高考前高估了自己，导致没有做更好的准备。一年、两年、三年、五年，他还是这句口头禅。

有一年春节，我记得很清楚，天空飘着雪花，我在县城办完事准备回家。启动车子的时候，发现迎面驶来一辆慢悠悠的自行车，车上的人正是B君。寒暄后，我问他这么多年为什么不出去闯一闯。他说，他哪里是这块料，老老实实待在家里就好了。我说，你是一个灵活的人，在外头不至于混不下去，怕什么？他说，再也不敢高估自己了。我无语，问了一句：你现在还打球赛吗？他回答：高考完就没摸过篮球了。

3

C君是个离婚妈妈。离婚原因不详，大家只知道一年前她离婚了。

看得出，离婚这件事给她造成了蛮大的心理阴影。她动不动就沉浸在自己的悲伤中：“我好难从过去中走出来，快一年了，估计永远走不出来了。”

对此，大家都轻描淡写地劝她，离个婚而已，有什么，赶紧准备新的恋爱吧。但她还是会说：“不可能的。第一次婚姻给我造成这么大伤害，我不可能再相信任何人。”

大家费了九牛二虎之力都难以把她拉出来。爱莫能助，只好任她深陷其中。

4

我这三个同学都是因为遭遇了一次挫折，结果人生从此灰暗，不见天日。我们常说，人生不到最后一刻，都不叫失败。但对他们三个，大家不再抱有信心，关键他们自己对自己也不再抱有信心。

为什么会这样？我想起前几天读到美国心理学家马丁·塞利格曼的一个研究，是关于挫折的。他说，挫折容易给人造成三个假象，这三个假象，我归结起来就是三个P：个人化（Personalization）、普遍性（Pervasiveness）和持久性（Permanence）。

个人化（Personalization）：总以为是自己做错了什么才导致不幸的发生。具体表现就是一天到晚埋怨自己、埋怨自己、埋怨自己。

除了埋怨，动力全无。A 君的故事，就是典型。如果能突破挫折带来的这个假象、这个 P，他完全可以逐渐恢复元气，把工厂开好，说不定三两年工夫股市亏的钱又赚回来了。

普遍性（Pervasiveness）：以为某一件事会影响到你生活的全部。具体表现就是患得患失、徘徊不前。B 君的故事，就是典型。如果能突破挫折带来的这个假象、这个 P，他完全可以出去闯荡一番。高考落榜生闯出名堂的例子多了去了。

持久性（Permanence）：以为悲伤将永远持续下去。具体表现就是陷入自己的情绪中无法自拔。女同学 C 君的故事，就是典型。如果能突破挫折带来的这个假象、这个 P，让生活更多彩一点，再建立一个幸福的家庭，完全是有可能的。现如今，她天天和祥林嫂似的，哪个男人见了她不想跑！

5

再优秀的人，都可能遭遇挫折。如何避免挫折过后再也爬不起来？这三个由挫折带来的假象，必须识破它！挫折、跌倒，不过如此，没那么严重。

千万不能被这三个 P 搞得迷失了方向！

大闹一场，悄然离去

从朋友圈里读到一篇文章（其实是 2017 年的旧文）。文章里有一句话，读完，我一震。

文章里提到，有人曾经问金庸：“人生应如何度过？”老先生答：“大闹一场，悄然离去。”

大闹一场，悄然离去。

八个字。

不知道别人念这八个字的重点在哪里，是“悄然离去”，还是“大闹一场”？

我读出来的重点在于“大闹一场”。

何谓“大闹一场”？

那就是人要活得精彩啊。

金庸的人生，倒是真的“大闹一场”了：

中学的时候，因为看不惯训导主任的种种行径，“瞧不得他有事没事就辱骂学生”，他仗义执言，用笔来讨伐他。训导主任看到文章，气得全身发抖，立马跑到校长那里哭诉：“请立即开除他。”几天后，金庸被勒令退学了。他便转到衢州中学，念完了高中。

金庸是在重庆读的大学，念的是外交系。他希望成为一名外交官来实现自己的政治抱负。但由于看不惯学校里不良的校风，他再次大胆直言，于是遭遇了平生第二次开除。外交官理想因此幻灭。

1946年秋天，金庸凭借自己千里挑一的才华进入上海《大公报》，正式开始了报人生涯。两年后，金庸被派到香港工作，不久后开始在报纸上连载自己的小说《书剑恩仇录》，一炮而红。一炮而红的金庸，并不满足。当时，香港的政治风气比较复杂。走到哪里，都是一片说谎声。金庸忍不住了：“我必须发声。”于是，他找到昔日同学沈宝新，两人一起出资，创办了《明报》。

金庸一边写小说，一边在自己的报纸上写评论针砭时弊，最后成为某些势力的眼中钉。有人放出话来，要消灭五个香港人，排名第二的就是金庸。

2005年，不再写小说的金庸，跑到剑桥大学攻读博士学位。他同普通学生一样，背着双肩包，里面放满了课本。有一段时间他还会骑着车上课，后来因为太太担心这样会发生危险而作罢。2005年，金庸多少岁？81岁。

金庸“大闹一场”，我们自己呢？在每天的忙碌、苟且中，我们是否还记得我们的理想？我们是否为坚持自己的理想真正地付出过、痛过、夜不能寐过？我们是不是每天还活在别人的评价和标准里？我们有没有努力钻研某一个领域，让自己真正有机会、有本事、有才华，从而支撑自己去“大闹一场”？

金庸的话让我一震，我也把心得分享给各位：

愿你我不只是看着别人“大闹一场”，而自己只能“悄然离去”。

生命的警钟

昨晚读陈忠实，在他的自述人生里，读到一句话，印象深刻：

我在进入 44 岁这一年时很清晰地听到了生命的警钟。我突然强烈地意识到 50 岁这年龄大关的恐惧，如果我只能写写发发那些中短篇，到死时肯定连一本可以当枕头的书也没有，50 岁以后的日子不敢想象将怎么过。

陈忠实 1942 年出生，44 岁是 1986 年。

这之后，他开始创作大部头《白鹿原》。酝酿、草稿、正式稿……1992 年腊月完稿。写作的地点在自己的老家，一个只有百来人的小村子。老屋里连电视信号都没有，冬天冷风呼呼叫。

《白鹿原》1992 年在《当代》杂志发表。陈忠实把书稿交给编辑时说了一句话："我连同生命交给你们了。"

1992 年，陈忠实 50 岁，成了。

这里还有两个背景：1. 陈忠实 44 岁时，你以为他还是草根一枚？不，他已经是陕西省的专业作家了，之前已经成绩斐然。2. 陈忠实写作《白鹿原》的时候，正是中国流行"下海"一词的时候，文化、文学最不景气的年头，一些大作家的长篇小说征订数最低的只有 800 册，正常一点的不过是一两千册。

百岁老人杨绛也说过类似的话：少年贪玩，青年迷恋爱情，壮年汲汲于成名成家，暮年自安于自欺欺人。人寿几何，顽铁能炼成的精金，能有多少？但不同程度的锻炼，必有不同程度的成绩；不同程度的纵欲放肆，必积下不同程度的顽劣。

我为什么要摘抄这些话呢？

这些话里，都是对时间的敬畏。

人总是要到一定岁数才明白“时间”到底为何物。我也不过就这一两年才意识到，哦，时间就是要你命的东西，你不珍惜它，它更不会珍惜你，你在时间面前不过是一个屁，甚至连屁都算不上，因为世上有太多生命了。

怎么办？珍惜呀。你看，我们每个人都在一天一天地过日子、讨生活，很多人一天到晚还会和一些无谓的人争吵、计较。一天到晚忙于无效的社交，参加无谓的饭局，恨不得讨每个人的喜欢。我们很少会去思考“时间是什么，什么是时间”。时间不是自来水，不是睡觉第二天总会有。哪怕一事无成，也不能浪费时间。正确地理解“青春就是用来挥霍的”这句文艺范十足的漂亮话，别把自己废在被窝、游戏、啃老、得过且过里！

说得励志一点，那即是——一个人能不能成事，全在这一闪念：你是否清晰地听到了生命的警钟？

《射雕英雄传》里不战而胜的秘籍

1

金庸的《射雕英雄传》里写了很多武功高手，比如郭靖、周伯通。其实，真正的高手不是他们。真正的高手在书中前记里提过，是黄裳。黄裳年轻的时候，武功高强，纵横江湖，后来引来众人上门寻仇。黄裳不敌逃去，家人悉数被害。为雪仇恨，黄裳隐于深山老林练功，四十年后，黄裳练出了传说中的盖世武功——九阴真经。

故事精彩的地方来了。黄裳重出江湖，奔波千山万水，寻找各路仇家。这时他发现，他们都分别以各种不同的方式死去了，病、老、意外、被杀。仇人不在，他苦练多年的武功并没派上用场。

黄裳顿悟：原来胜利来得这么简单，只要他比对手活得时间长，他就胜利了。

2

2015 年，有很长一段时间，我在老家医院陪母亲。有一天，我看到一个老头一直纠缠护士，希望她把自己的病床调换到走廊尽头的一间病房去。两天后，他如愿了。原来，那间病房里的病人是他的老熟人。

两个老头，母亲都认识。母亲说，二十世纪七八十年代，他们都是我们乡政府的干部，为了争乡长当，两个人斗得厉害，你整我，我整你。后来两人调走了，都还在讲对方的丑话。

两个老头每天中午都坐在草坪上晒太阳。有一天我和母亲恰好也在。他们像在热恋一样，亲密地说着话。一会儿为对方分析病情，一会儿说要发动关系为对方找名医。

如果母亲不说，没有人知道他们年轻时曾有过的纷争、恩怨。即使知道，也会觉得奇怪：咦，那些隔膜，怎么荡然无存了？

3

2012 年，我去非洲，听闻有这么一种抓猴怪招：

把椰子挖空，然后用绳子绑起来，接在树上或固定在地上，椰子上留一个小洞，洞里放一些食物，洞口大小恰好只能让猴子空着手探进去，而无法握着拳头拔出来。猴子闻香而来，将它的手探进去抓食物，理所当然地，紧握的拳头拔不出来了。当猎人来时，猴子惊慌失措，更是逃不掉。

中国人深受儒家思想影响。《孟子》中讲："食色，性也。"什么意思？追求功名利禄，是人的本性，是正常的。但其实，儒家向来是两面派，它同时又说："见利思义。"什么意思？在"名利"和"仁义"二者之间，强调仁义第一，名利第二。

你我皆凡人，没有孟子那么厉害。我们记着的往往是“食色，性也”。为了成功，我们工作很拼命，加班无休止。我们拥有很多，但觉得远远不够。当年大学毕业觉得能买辆奥拓不用每天挤公交就爽了，结果现在开着奥迪还觉得档次不高。结果是，我们付出了健康的代价。

健康最重要，这是简单的道理。只要你生过病、进过医院，你都会有这种感慨。

两个老头的故事就是例子。比起健康，年轻时的你整我我整你，都不重要了。

武林高手黄裳的顿悟亦是同义。人生最终的结局是看谁活得更久、更健康。倒不是说我们不应该奋斗，而是说人应该适当地淡泊名利，不要透支健康。你看那猴子，它就是被自己的欲念所俘虏，它只需将手放开就能缩回来。心中的欲念使我们一直受缚，我们唯一要做的就是松开握紧拳头的手。

欲望少一点，我们就自由了。

如何走出你人生的“至暗时刻”

我这两天比较关注的一个演讲是：2018 年 1 月 23 日晚，王石在水立方谈自己人生经历里的“至暗时刻”。演讲中，他一度泪流满面。

王石的“至暗时刻”会是什么？我想很多人一定会认为是“宝万之争”—— 2017 年，历时两年半的宝万之争尘埃落定，王石正式卸下万科董事长一职。

但王石说，自己人生的“至暗时刻”并非这个，而是 2008 年汶川大地震时，自己的言论引来了舆论对万科的攻击。

王石的演讲原文是这么说的：

就我个人经历来讲，从 80 年代至今，我经历的至暗时刻是 2008 年的汶川大地震。这个例子也可以说是很简单，因为它是非常著名的事件，所以我在这里就不展开叙述了，我就说说这个事件发生之后对我的一个冲击。

可能有的朋友不太知道这个“非常著名的事件”。我普及一下。这个事件就是所谓的“捐款门”事件：

2008 年 5 月 12 日，在为四川地震灾区捐款 200 万元之后，万科董事长王石表示，“万科捐出 200 万是合适的”，并规定“普通员工限捐 10 元，不要让慈善成为负担”。他的理由是，中国是个灾害频发的国家，赈灾活动是个常态，企业的捐赠活动应该可持续，而不应成为负担。当时，王石的言论被很多网友怒骂“抠门”“王十”，并举例说赚钱不如万科多的某某企业都捐了一千多万元。后迫于舆论压力，王石在灾区对公司“捐款门”事件公开道歉，万科公司也随即提出捐助一亿元重建灾区资金的方案。

继续听王石演讲：

但是回忆几年前的汶川地震，因为我一个人的言论引发的冲击。我也是人，我不是圣人，突然被网民、被主流否定的时候，我是非常痛苦的。因为我们也知道当时群情激愤，因为我的个人言论，使公司信用受到很大冲击。但是我认为我没有错，我的痛苦就在于我的信念认为我没有错。

“但是我认为我没有错，我的痛苦就在于我的信念认为我没有错。”这一段话，是我听得最有感触的内容。

王石错了吗？这是个仁者见仁智者见智的问题。有人坚持认为王石没有社会责任感。但汶川地震后爆出善款被贪、贪官被查的事件后，也有网友说，王石为什么叫员工只捐 10 元，因为你捐多了也是被贪污，后面被查的这些贪官，大家都看到了吧，不欠王石一个道歉么？

咱不谈这个，我想谈谈我们每个人都会经历的“至暗时刻”。

所谓“至暗时刻”，往往不是穷苦潦倒没钱花的时刻，也不是一而再再而三失败的时刻，甚至都不是被竞争对手干掉、踩在脚下的时刻。“至暗时刻”往往是那些孤立无援，同时开始对自己的信念产生怀疑，摇摆不定，甚至想放弃的时刻。

爱情中，遭遇背叛当然伤人，但更伤人的是，我们开始怀疑自己的判断，甚至开始质疑他人和爱情。背叛、分手不是“至暗时刻”，长时间的疑虑才是；

职场中，失败当然令人沮丧，但更令人沮丧的是，我们开始怀疑自己适不适合这个行当、自己是不是天生不如人。失败不是“至暗时刻”，自我审问才是。

孤立无援、被人否定、无处诉说也没法诉说的感受，我想每个人都有体会。

怎么办？

王石说：

这个时候有人劝我：“王总，你现在必须辞职，而且离开这个国家。第一保留你的生命，第二当下这个事件大家多少年后回头看会重新审视。”我说：“我不能辞职，也不可能离开这个国家。”……熬过那段时间是非常难的，但是熬过来了。

面对“至暗时刻”，王石的办法是一个“熬”字。

后来他又补充说了三点：

第一，人一定要有点乐观情绪，不管结果怎么样，甚至觉得过不去了，都一定要试一试；第二，一定要把最坏的结果都想到；第三，要竭尽一切办法解决它。

我想到我自己的一个小故事：2003 年，我的长篇小说处女作完成后，在网上很火，点击率特高，然后很快出书。哎哟，那个时候人完全膨胀了，虚荣得不行。我每天下午下班后，就一个人去书城观察自己的书卖得如何、谁在买我的书。观察了一周，结果是：没有一个人买我的书。我怀疑是不是哪个环节出了问题，又观察了一周，结果依旧是这样，人完全掉入冰窖。然后找来经典小说对照一看，自己写得确实很烂，难怪没人真金白银掏钱买书。这种失落无与伦比，我怀疑上帝跟自己开了一个玩笑，自己根本就不适合写小说。怎么办呢？我想，既然头儿都开了，再试试吧，老子就不信这个邪了。然后我就暂停写作，花了六年时间读各种经典，一个人瞎子摸象一样，做笔记，揣摩，模仿，然后才慢慢找到小说写作的门道。瞎子摸象，孤立无援，连个倾诉对象都没有，这是我的“至暗时刻”。

现在想起来，我如何度过我的“至暗时刻”，也是那个字：熬。熬了六年。

熬就是花时间。把时间花在自己身上，媳妇一定可以熬成婆。

失意者都应该明白的生活真相

我今天想讲一个问题：一个人为什么要自杀？这是个很傻的问题。肯定有些东西过不去了呗！那么，如果继续问：跟谁过不去？我想答案无外乎如下：1. 他人；2. 自己；3. 病痛。

第三点，很多人不堪某些病痛的折磨，选择自行了断或者安乐死。这个不在今天要讨论的范畴。

先说第一点，跟他人过不去。

他人是谁？身边人、发小、中学同学、大学同学、同事、下属、客户、亲戚、朋友……都是。生活中这种情况太多了。

比如：春节同学聚会发现，那小子当年作业都是抄我的，凭什么混得这么好，开宝马、住别墅、娶美女？

比如：总是从不同渠道听说哪个亲戚如何如何成功，北上广深买了多少套房、刚从欧美十国游回来……

比如：在朋友圈里总看到自己当年的同事、客户、小领导突然创业成功了，动不动融资多少千万多少亿元的，放出来的照片都是西装革履春风得意的……

人是很容易对身边人产生羡慕嫉妒恨的情绪的。既不解，又不服气。随之而来的是抱怨、哀叹，以及对自己的失望。心理学上说，人对自己失望的时候，如果出来个小刺激，比如亲人的奚落、恋人的远离，是很容易发生悲剧的。

这一类轻生行为，最需要补充一个认知，那就是我们对他人的片面认识，甚至是错误认识：你攀比的那个人、你羡慕嫉妒恨的那个人的成功，真的有那么风光吗？No！真相是：越成功的人，他经历的委屈、痛苦越多，只是你不知道，他也没有告诉你而已！你羡慕他，他还羡慕你呢！——可惜，我们永远只看到人家风光（甚至故意伪装出来的风光）的一面。

没有谁是上帝的幸运儿。牢记这一点，不要艳羡他人。有什么好艳羡的，他是他，我是我！

还有一类跟他人过不去的自杀，是因为仇恨、仇人。干不掉仇人，只好含恨自杀。

关于这一类轻生行为，我曾经讲过一个故事。金庸《射雕英雄传》有个人名字叫黄裳。他年轻的时候，家人悉数被害。为雪仇恨，黄裳隐于深山老林练功，四十年后，黄裳练出了传说中的盖世武功——九阴真经。重出江湖之后，奔波千山万水，寻找各路仇家。这时他发现，这些仇家分别以各种不同的方式死去了，病、老、意外、被杀。仇人不在，苦练多年的武功并没派上用场，黄裳仰天长叹：原来胜利来得这么简单，只要他比对手活得时间长，就胜利了。

好，继续讲第二大类的自杀：跟自己过不去。很多人自杀是因为怀才不遇，职场升迁永远轮不到他，一个女生本来才貌双全但永远只被当花瓶摆，十分汗水居然零分收获，等等。想不通啊想不通！想不通走到极致，就会走到楼顶上，啪，一跃而下，结束生命。

这一类人也是在认知上出了问题。这个认知是什么呢？两句中国古话：“不如意事常八九，可与人言无二三。”“十有九输天下事，百无一可意中人。”

这两句不需翻译，很好理解，就是告诉你，天下事没有一个“必然”的。你希望怎样怎样，现实反之，这是人间常事啊，这也是生活的真相。认知到这个“人间常事”外，还需认识到世间万物的另外一个真相，也是规律：变化。世界是变化的，无时无刻不在变化。外部世界在变，你也在变，你的身心也在变。有变化就有机会。你现在落魄，未必一辈子落魄。所谓三十年河东三十年河西，山不转水转，柳暗花明又一村。

瞧！认识到事物的本质与真相后，你自然也不会轻易否定自己了。该吃吃，该喝喝，老子（娘）活得好好的。

对不？！

沮丧到爆的时候，最考验一个人的成熟度

人都有沮丧到爆的时候：吃尽苦头不算还被人夺爱、受尽委屈不算还遭人暗算、前功尽弃不算还背上一身的债，关键你还十分无奈。

怎么办？

这时候最考验人的成熟度。哪里有压迫哪里就有反抗。所以，沮丧的时候，人的下意识是反抗：要么行动起来去报复，要么四处找人倾诉。

行动起来去报复，效果会如何？我们每个人都看过武侠小说或者电影：某个角色的父亲被杀或者娇妻被辱，于是乎，他哭着喊着去报仇，结果人一出门就被打趴下了，或者自己失手了。所谓“有勇无谋，匹夫是也”。

生活中，人们往往没有那么多行动上的报复，更多的是语言上的发泄，四处找人倾诉、控诉、抱怨：失恋了、职场失意了、计划失算了、理想失落了，心情那个沮丧啊。于是有人不管是深夜还是凌晨，不管是工作时间还是周末，不管人家是独自一人还是跟家人在一起，拿起电话一通吧啦吧啦，对着微信发出无数条 60 秒语音，把事情的来龙去脉、前因后果，事无巨细、滴水不漏地“娓娓道来”，还重复多遍。

这算好的。有人不仅希望你成为全世界最安静的倾听者，还希望你和他共频率。他会控诉、抱怨，甚至是泄愤。这就不是“娓娓道来”了，是轰炸：分贝一定是高的，脏话是少不了的，最后号啕大哭也是极有可能的。你，不停地附和他，也是必须的。

这也还算好的。最可怕的是这类人：光电话里说还不够，必须得见面说。于是，半夜了，他在某个酒吧里把你叫出来，满嘴酒气，搂着你，抱着你，边说边哭，边准备吐出胃里翻滚的酸液。

我们或多或少都经历过这样的不堪。有时候，我们是发泄者；有时候，我们是承受者。结果，都一样：糟心。发泄者，成了人见人厌的“祥林嫂”，承受者，感觉自己交错了朋友。

一定会有人反驳：这没什么呀，朋友，就是用来倾诉的嘛。这理由貌似成立，但其实是对友情的一种误解。友情不代表零距离、负距离。哪怕是人间铁哥们、中国好闺蜜。真的友情也是有距离的，而且恰好是这个距离让友情变得美好、长久和牢固。越是珍重友情，越要尊重距离。尊重距离就是尊重朋友。

显然，找个朋友来倾诉，是需要分时机、场合、轻重的。这时候的倾诉和倾听才是默契的、有效的，能排忧解难的。

生活中，还有一种语言上的发泄也要警惕：他不找朋友叨叨，但在朋友圈里叨叨。确实，从某个意义上说，朋友圈、微博等社交媒体是私人领地，可以“我的地盘我做主”，但是一个人习惯性发一些情绪化的语言，始终不是个好事。谁都不愿意打开朋友圈看到你的牢骚、骂娘和诅咒。

人都有沮丧到爆的时候。在我看来，最好的办法是，先安静独处一会儿，让自己心情平复下来，厘清思路，能过去则让它过去，不能过去就另想办法冲过去。即使有值得信任的朋友，也别着急诉说。很多时候，时间会让你觉得诉说已是多余。取而代之的是，找到朋友聊点开心的事。

带给朋友的，尽可能多的是愉悦，这当然是一种成熟。

古代园林的哲学

闲读中国美术史。

有段话有点意思：宋代绘画里，凡是画亭子的地方，一定是景观最好的地方。亭子的位置，绝对不会随意。

亭子为什么要出现在风景最美处？这是古人的建筑美学。古人就是要告诉你：人生到了最美的地方，应该停一停；停下来，才能看到美；匆匆忙忙是看不到美的。

各位再闭着眼睛想一想，我们去苏州逛古代园林时，你会发现园林里所有的路，都是七绕八绕的。为啥要绕来绕去？这也是古人的建筑美学。

古人要告诉你，你到了这个园子，就不要急着赶路了，放慢脚步吧，绕绕圈子看看身边的假山奇石、梅兰竹菊、花鸟鱼虫。你越慢，看到的就越多。

其实，这也是生活的哲学：有时候，绕绕弯子慢下来、停下来，就会发现惊喜，而这个，有可能就是生命的意义。

别让你的生活“一地鸡毛”

有两则读者留言，给我的印象一直比较深。

一则是，一个大四学生，因为跟舍友不合，导致自己心情很差，耽误了考研复习。她这个舍友也没啥大毛病，无非就是爱说人闲话，干什么事都要占上风。可偏偏这些东西，她最看不惯。两人一言不合就开撕。等撕完，自习教室也关灯了。

另外一则是，一个职场女性，顶头上司是个色情狂。跟很多女生一样，一旦遭遇这样的事情，她翻开自己的人生辞典，只看到一个字：躲。猫和老鼠的游戏玩久了，老鼠得了精神衰弱。她最后有没有被色情狂上司得逞，她没说，但她说，因为工作效率低最后她被炒了鱿鱼。

你看啊，我们无论在生活、学习，还是工作中，都会碰到“敌人”、我们讨厌的人、我们憎恶的人。甚至，在家庭关系中，我们也会不喜欢亲人身上的某些特质、个性。这是没办法的事。有个成语叫“唇寒齿亡”，来形容唇齿关系之好、之密切，但你别忘了，齿也有咬到唇的时候，咬得还挺痛的。更何况人与人之间、陌生人与陌生人之间。

怎么办？

美国的心理咨询专家理查德·卡尔森有一个建议挺有意思，分享给大家。他说，什么时候可以一言不合就开撕？当你的“烦恼等级”到达 5 以上之后。就是说，我们和他人的矛盾、不合、看不惯有 10 个等级。有些等级太轻，没必要太在意，过去就算了。

比方说，那个大四学生和舍友的矛盾，就属于等级 5 以下的，完全不必拿自己宝贵的考研复习时间去较真、死磕。为一些鸡毛蒜皮之事，与毫无关系的人去争辩，害处有二：第一，浪费你时间，消耗你精力，搅乱你心智；第二，你留给他人的印象是一个斤斤计较、睚眦必报、得理不饶人的人。你有一万个较真的理由，但大家会远离你。谁愿意交这样的朋友？

一旦“烦恼等级”超过 5 之后，有些事情就不能再“算了”。它可能涉及人的尊严、事情的真相，不处理事态会失控、会变糟。

比方说，那个遭遇色情狂的事件。这件事跟同事议论你“大冬天也裙子飘飘”是两回事。你必须投入战斗，积极应战。如何手撕色情狂、变态狂，知乎上有大把的绝招。关键看你的认知。

认识到了此事的“烦恼等级”，积极应对，也会有两个结果：第一，你成为胜利者，因为你是主动出击者，会根据自己身处的形势制定战术。不管是击退他，还是果断辞职，都比躲到自己都神经衰弱了正确一万倍。第二，你会加倍认可自己，为自己的战斗欢呼。你认可你自己，别人的认可也就跟着来了。

一个成熟的人知道什么事情是可以置之不理的，什么事情是必须针锋相对的。每个人心中对“烦恼等级”的理解和定义，也不尽相同。当你越来越强大和独立的时候，能触碰你“烦恼等级”的事会相对减少，发动战争的机会和次数也会越来越少。你也越来越快乐，越来越放松。

什么是世界？你就是世界。

平淡亦可快乐过活

1

跟优秀的人在一起。

跟优秀的人在一起，让人进步快。《荀子》说过，蓬生麻中，不扶而直。

进步让人快乐啊。进步是大快乐。

2

不停地树立小目标。

可以实现的小目标，让你有成就感。

关键，小目标会让你行动起来。

行动就是快乐啊。你咬着牙跑完五公里，那种快乐、那种爽，不跑步的人一辈子都体会不到。

3

独立思考。

普通人的思维，就是喜欢大合唱，然后拼命找认同自己的人抱团，沉溺其中，乐不可支。越这样越完蛋。

一个人要敢于独立思考，然后让时间验证你的思考。实践是检验真理的标准。有一天，你的独立思考被现实检验后通过了。那种快乐和暗爽，无法形容。

关键，你会更相信自己。

4

乐于助人。

每个人都可以成为帮助他人的人。帮助他人其实是在分享自己。

分享的快乐，很微不足道，但却实实在在。

人和人相处的 4 种距离

前两天，《南方都市报》做了一个蛮好、蛮有趣的报道，标题叫《和深圳人愉快玩耍不可不知的社交“潜规则”》，其中第一个“潜规则”就是：不要八卦感情状况。

报道里说：“你结婚了吗？要孩子了吗？要不要生二胎？这三个标准的‘七大姑、八大姨问法’，可千万不要在与深圳人聊天的话题中出现。这太侵犯他人隐私啦！在这个有序忙碌的城市里，婚嫁问题成为社会焦虑，而单身、离异的情况很普遍，一个不小心就会问错，导致双方尴尬的局面出现。”

我蛮认可这一点的。我甚至觉得，“不要八卦感情状况”可以再拓展一点，拓展到不要打听他人隐私，哪怕是善意的打听。

我先讲一个我自己的故事，也是我犯过的错误。几年前，我去香港参加著名媒体人杨锦麟主持的节目《夜夜谈》。一起对谈的还有另外一位嘉宾，那位嘉宾是香港人还是内地人，是男是女，说实在话，我已经不记得了。但我记得，节目开始前，我们有几分钟的闲聊时间，我和那位对谈嘉宾坐在一张沙发上。为了打开话匣子，刚当上父亲的我，习惯性地问了一句：某某老师，小孩多大了？杨锦麟老师给我使了个眼色，我马上反应过来：哎呀，不妥，这是香港呀。

我为什么说“这是香港呀”，是因为这句问话放在内地，其实没什么错误，或者错得没那么严重，因为大家都习惯了。大叔、阿姨碰到小一辈的孩子，问“结婚没有”“男朋友做什么的”，同辈人互相问候“孩子多大了”“准备生二胎吗”，晚辈问长辈“孙子多大了”“跟孩子住一起吗”，都是再正常不过的事了。有时候，这么一问，反而显得你懂事、懂礼、关心、体贴。

其实，这样不妥当。第一，这些事属于隐私范畴；第二，你认为你是出于关心、体贴，但对方未必这么觉得，你问的问题对方未必想回答。你这么一问，他很为难，要么说谎，要么无奈说实话。凡是让对方有一丝为难的话题，都属于侵犯隐私，虽然你是善意的。这是我的观点。

我们为什么容易侵犯他人隐私？我记得梁文道讲过一个观点：我们为什么不考虑他人感受，不是说中国人不善良，不懂得同情其他人，而是在中国传统的文化里面，我们没有一个很明确的人我界限。

我今天把“隐私”这个话题讲深一点。我觉得，“尊重隐私”还不仅仅局限于不打听别人的事，同时要做到自己的事情不要随意向别人倾诉。什么意思？有很多人自己失恋了、被劈腿了、被老板批评了，心里有气，然后找一个人叽里呱啦吐槽一番，全是负能量。你找人吐槽，别人是否愿意听？这个问题要考虑清楚。别人是否甘愿当你的“垃圾桶”？这都是很重要的问题。如果对方不愿意，你这么做，也是不尊重他人隐私的一种表现。

可能有很多人要问了：那按照你这么说，人与人的关系会不会变得冷漠，甚至无话可说？当然不是。人与人的关系一定是慢慢发酵的，你和他由相识、相知、相信，最后成为至交好友，自然就可以无话不谈，侵犯隐私的可能性也降到了最小值。

人和人最舒服的状态就是保持距离，哪怕是最亲密的人。有一则研究很有趣，它是这么说的：人与人之间存在或远或近的距离。美国人类学家爱德华·霍尔博士为人际交往划分了 4 种距离。（1）公众距离：3.7—7.6 米。顾名思义，无关系的，或者陌生人之间应保持的距离，例如公共场合中无关系人之间的距离。（2）社交距离：1.2—3.7 米。公事上或礼节上的较正式关系。（3）个人距离：46—122 厘米。人与人之间的独处空间。（4）亲密距离：15—44 厘米。即亲密关系可以是零距离，但更多的时候仍是亲密有间。15—44 厘米，可挽臂执手，可促膝谈心。于异性，限于恋人、夫妻等之间；于同性，往往只限于贴心朋友。

西方人把尊重隐私当作有教养的表现。教养不可能速成，必须慢慢养成，慢慢改掉我们习以为常的习惯和思维。这对于浸淫了几千年传统文化的中国人来说，是一条漫长的道路。

学会接受，也是美德

五一假期，一个女生发微信给我，说她将要离开自己熟悉的城市，去她男朋友所在的城市工作。

她的困扰是找工作。她男朋友说可以通过人脉关系，替她找到一个不错的。她呢？不愿意接受男朋友的帮助，原因是担心被别人（包括男友、男友家人）说，自己是靠关系找到的工作。但是新到一个城市，如果只靠自己投简历，又不敢保证能很快找到工作，尤其是不错的工作。

这个女生的困扰，其实蛮普遍的，那就是我们要不要接受他人的帮助。

我想起自己经历过的一件事。有一次，在深圳，一个加油站，我加好油、付完钱后，发现身边一个女生正在焦急地打电话，电话似乎还打不通，一会儿放耳边，一会儿又放下。收银员说，这位女生没带现金，恰好加油站不接受微信、支付宝支付，所以正在想办法。我心里想，这事很多人都遇到过，很好办啊，你微信转账给别人，别人给你换现金嘛。

等女生放下电话，我说，我给你换现金吧。

嘿，结果怎么着？女生看了我一眼说，不用，谢谢。

我当场蒙了。我心里想，难道我长得太丑，吓到了她，以为我是坏人？

这个故事，我有次讲给朋友听，朋友也深有感触，说了一个他母亲的故事。

我这朋友是一个厂矿子弟，父母是技术级别最低的工人，工资低，孩子多，家境自然拮据。他的邻居，也是一样的情况。好在这个厂矿很有人情味，远邻近里都愿意互相帮助。一些家境好、当干部的同事，会把自己家孩子用不了的作业本、运动服，捎给我这个朋友的母亲。他母亲也大方接受。但是我这朋友的邻居阿姨，却是另外一个态度，坚决不要人家的东西。这样造成的后果是，我朋友的母亲和厂矿里的人相处一直很好，而且我朋友以及几个弟妹长大成人、有出息后，再去帮助那些曾经帮助过他们家的人，大家相处得十分融洽、自然。相反，邻居阿姨的姿态，令整个厂矿的人敬而远之，他们家孩子的成长也受到了影响。

我这位朋友如今已经是一个大公司的老板，他给员工做培训时就强调人与人之间要合作、互助，公司墙上贴着一句话：接受帮助是一种美德。他说，别人帮助你时，其实就是在表示一种友善，你拒绝帮助，就是拒绝一颗友善的心，就好比别人伸出手，你却不肯伸手相握，让别人情何以堪？

人为什么不愿意接受他人的帮助？担心被人嘲笑，担心欠人情，还不起。这样的担心，有时候是自己想多了。谁会变态到为了嘲笑你、看不起你而去伸出援手？之所以会有这种感受，大多都是玻璃心在作怪。

至于欠人情、还人情，帮助你的人，未必是需要你还的，或者说需要你对等偿还的。需要你还的，未必会主动帮助你。人与人之间确实存在等价交换，但这并非绝对，否则这个世界太冷漠了。文中开头提到的那个女生，完全可以欣然接受男朋友的帮助。如果连男朋友的帮助都不愿意接受，那真的要问自己一个问题：他真是你男朋友吗？

退一万步说，如果你是一个欠了人情必须等价甚至高价偿还的人，也不妨先接受他人的帮助。你接受了他人的帮助，滴水之恩涌泉相报，这会敦促你在逆境中奋起，由弱者变成强者，然后回报帮助你的贵人。

每个人都有困难的时候，如果他人愿意帮助你，就大大方方接受吧。接受他人帮助，不是一件掉价的事。不接受他人帮助，也不代表你多有骨气。

接受他人帮助，然后找机会去帮助别人。如此下去，良性循环，方为好事。

赠人玫瑰，手有余香

1

不知道是不是因为自己年纪大了，我很喜欢鼓励人。尤其是得知一个年轻人特别优秀时，我会想办法去帮他。

2

一个人为什么要多多鼓励和帮助他人？

最浅层的原因是，我们每个人都是过来人，都有过体验，那就是当我们籍籍无名、吭哧吭哧正努力的时候，他人一个友善的赞赏，给人的动力是多么大！

不然，一个人总是独自吹着口哨在黑夜中行走，多寂寞。

3

深层的原因呢？

你鼓励、帮助他人，会给你自己带来自信：

“看，我鼓励和帮助了这么多人，他们都成功了，说明我的眼光和判断是准的。那么，下次我碰到困难，不需要他人的鼓励，我也有自信战胜它。”

瞧，多奇妙的感觉！

因为鼓励和帮助他人，促使我们成了这样的人，多好！

知己不是找来的

1

知己一定是相处了很多年才变成的，至少小十年吧。相识一两年的朋友，只能叫“谈得来”。

成为知己是基于长时间的信任、三观一致而来的。两人在某一个领域有共同话题，非常谈得来，但又不完全是互相吹捧，会互相问对方近期的想法、打算，然后直言不讳说出自己的意见，这才叫知己。

隔一段时间会想起对方，这很重要。天各一方然后杳无音信，那是随缘，不是知己。知己会刻意给对方拨一个电话、发一条微信，同时不需顾忌。你想跟他见面聊聊时，他有空就会来，甚至没空也会排除困难来见你，哪怕要开很久的车。因为他也想跟你聊了。这叫心有灵犀。

两人见面的地点未必固定，碰到饭点就去饭馆，或者提供简餐的茶室、咖啡厅。不是饭点，也可以到对方的办公室。有时候在对方的办公室碰到饭点了，叫个外卖最好。因为这样节约时间。

2

知己也会合作，会一起赚钱，但事先就会说得清清楚楚，当然也会很礼让。

知己更多的是君子之交淡如水，不涉及太多的利益。

知己可能会跟发小、闺密重合，但也不一定。发小、闺密关系更近，有点像小半个亲人，但未必有很多在志趣、灵魂上的交流。

知己，多半是同性。异性相处成这样，我是做不到的，但不排除有人做得到。对有异性知己的人，我是跪服的。

3

知己肯定是难觅的。

知己不是找来的，是不知不觉吸引来的。

知己一定是两人无数次主动揭掉面具、撕掉面纱，赤诚相对的结果。就是这样，也不一定能吸引到知己。因为不是所有人都会相信你的赤诚。

你看知己能碰在一起，多么难得。

人一辈子碰不到一个知己，也是正常的。

你，品味高雅，未必能碰到“阳春白雪”。

你，平易近人，未必能碰到“下里巴人”。

4

知己就是这么玄。找个好老婆、好老公容易，找个知己难。

一旦碰到，务必珍惜。

如何珍惜？

最低境界，一个字：真。

最高境界，还是古人说的那句话：君子之交淡如水。

最后要补充的是，知己也会变，十年之后，你突然不想见他了，或者他不想见你了，这也是正常的。不必悲伤，不必质疑。自我安慰一句吧：缘来缘去缘如水。

无意义也是一种乐趣

1978年4月1日下午一点半的样子吧，一个长相有点苦的年轻人，半躺在日本神宫球场草地上，吹着啤酒瓶，无聊地看着棒球赛。就在这个普通无奇的下午，他决定要写篇小说试试。于是他就写了。那篇十万字左右的小说叫《且听风吟》，那位年轻人叫——村上春树。

别被我迷惑，我不是来演讲的，也不是来讲村上的。我想讲的是跑步。2009年，村上有一本名为《当我谈跑步时我谈些什么》的书被引进了中国。大家发现，哦，这个小说家坚持了二十多年长跑，每年寒冬还搞马拉松，身体好啊。（诺贝尔文学奖，比的就是看谁命长、熬得住，我看村上有戏。）

跑步这么枯燥的一件事，到底有什么好玩的？我来扯扯我的人生小感受。

在看《当我谈跑步时我谈些什么》这本书之前，我就已经开始跑步了，大约是2006年吧。我毕业之后前期太顺利，2006年开始诸事不顺、焦躁不休。那时正好搬进了现在住的小区，小区里有个贵族学校，学校里有个大操场。为了杜绝自己晚上出去玩或者睡不着，我就在黑夜中狂奔。常年无休，但不会风雨兼程。

跑步本身没有乐趣。没有对抗，没有输赢，更没有穿着背心的美女，无聊得要死。每晚 9 点穿鞋出去跑，心里很不情愿，好无聊啊。到了足球场，跑出第一步就发愁，半个小时咧，一步一步一步一圈一圈一圈，太无聊啦。

每个跑步者都这样。法国《国际先驱论坛报》登过一个马拉松专题报道。记者访问每一个运动员，都会问：在途中，为了鼓励自己跑完，你默念的咒语是什么？这个问题很有趣，也证明了跑步的无趣与无聊。

这么无聊，为何每次还是跑出去？答案两个字：习惯。习惯太伟大了，习惯会给你惯性力。到了那个时间点，你就会寂寞难耐，想念那一点也不性感的喘息和一点都不优雅的淋漓汗水。跑完之后，心中有一丝暗喜的就是：哦，今天俺又跑步了。仅此而已。有时候出差在外，我也会围着酒店跑几圈，完后发个微博微信，自我表扬下，几分钟后自觉矫情，迅速删掉——世界上好多事情都是这样，未必每件事都可以找出多大的趣味和意义。一切皆是习惯。

这两年，跑完步后我追加了一件事：倒挂金钩。挂在单杠上，鼻子闻到青草的荷尔蒙味道，清香而湿润；眼中的世界，房子、树木、人，悬浮在空气中，像一群小丑，真的有趣极了。

上天不会亏待有人情味的人

1

讲讲我和读者之间的故事。

我的微信公众号里，有几位读者，几乎每天每篇都给小额赞赏。他们都被我一一联系上。每次出版新书，我都会第一时间给他们快递。有两位朋友要购买香港的某种药品，我在深圳方便，会行举手之劳。在人情冷暖方面，没有谁是铁石心肠。

还有一个杭州读者，说有一年 7 月 7 日看过我的一篇小文章（我自己都不记得是什么），完全改变了他的认知，然后他大大地成功了。每到 7 月 7 日早上，他就给我微信转 20000 元。我当然不会收。但他每年这个时候就会转账，我很感动。

我是写小说的作者。从文学角度说，我的微信公众号小文章，根本不算文学，连散文都算不上。无非是聊聊自己对社会的观察。想不到，它也有属于它的功用。

2

今天趁着这个话题，聊聊人情。

有人说，人情是中国的特产。因为中国是人情社会。

这话对了一半。全世界都有人情，都讲人情。

只要有人，就有人情。

人情，就是人之常情。

古人一句话讲到底了：人心是肉长的。老外的人心也一样。

3

讲完何谓人情，讲一个关于人情的认知。

有一句话，经常被大家挂在嘴上："这个社会人情冷漠。"

钟二毛讲过一万次：一个人不要活在流行语中，否则你基本上一事无成。

什么意思？是啊，这个社会人情冷漠，但是他冷漠他的，你不要冷漠就是了。你不要看到这个社会人情冷漠，你也傻乎乎地跟着冷漠，还觉得自己很识时务很精明。抱歉，如果一个人总是这样，也不会有多大的成就。

这个社会越是冷漠，我们越要秉持善意：与人为善，热心肠，谦让，真正明白"吃亏是福"背后的哲学智慧。有人可能又会说了：人善被人欺，好人没好报。哦，你的眼力能看到的不过一丈远哦。

4

再讲点实用的：我们该怎么讲人情？

很多年前了，有个当时还在上大四的朋友问过我一个问题：

我想跟某个大咖（设计界的顶级大牛）学习，但没有机会靠近他。给他微博（那时候还没有微信）评论留言，永远得不到回复；参加他的活动，也没有机会说上话。不知道该怎么办。

我说，其实也很简单：

第一，你给他的微博留言评论，能不能有点含金量，而不是“大路货”，让人家知道你不是个门外汉，是个上了点道的人？吹捧、赞美也要专业一点。搞来搞去不是“哇，好厉害”就是“好赞”，你把自己当小学生还是白痴？

第二，这个很重要——他每次活动的时候，你能不能去早一点，帮助他或者他的助手或者会务人员干点小事，布置下会场、挪挪椅子之类，醒目一点？适当的时候，为他做一些善意提醒，收集一些反馈？干什么事，要想得到，就得先付出。

几个月后，这个大四学生不仅成功了，还被那位大咖招进了公司。一开始当实习生，后来成了员工。有了好的平台，昔日的菜鸟，现在已是著名设计师。

大咖也是人！看到一个年轻人如此有心、如此心细，没有谁会摆出一副高冷面孔。你再想想，多少出身卑微的历史上的大人物，年轻时是怎么求师学艺、怎么迈出人生第一步的？跟我说的没有两样！

有个秘密，钟二毛告诉大家：越是高冷的人，内心越热。相反，总是嬉皮笑脸“好好好”的人，你要认真辨别。

可能很多有腔调的人会说：“哇，钟二毛好 low，教人低三下四。”

是吧，谢谢你，请继续你的看法。

5

2018 年春晚有一首歌很好听，王菲、那英的《岁月》。

里面有句歌词，就是我今天的标题：

“生活是个复杂的剧本，不改变我们生命的单纯。”

这句话很好。生活很复杂，社会很复杂，但越是复杂，我们越要维持生命的本真。生命的本真是什么？单纯、性本善；社会复杂它的，生活复杂它的。我们自己讲人情、通人情、不改变生命的单纯就是王道。

上天不会亏待有人情味的人。

多读书，才会与众不同

这一两年，无论是写文章还是做演讲，我都喜欢鼓吹两件事：

一，任性。因为压力，所以任性。在踏实工作、认真生活的同时，保持任性，不要一天到晚纠缠于“买房”等破事儿。任性，是你与残酷世界和平相处的方式，不是破罐子破摔。二，阅读。读书不能改变命运，但读书让你与众不同。

今天恰好是世界读书日，那就重点讲讲读书。

为什么我讲“读书让你与众不同”，而不再讲“读书改变命运”？因为读书不再是年轻人进入社会上升通道的重要方式。

以前是的。至少在20世纪90年代中期之前是的，90年代、80年代、建国初、民国，可以一直推到夏商周。“学而优则仕”“鲤鱼跳‘农’门”讲的就是这个意思。宋代小朋友很小就要读一首名为《四喜》的诗。诗里说：“久旱逢甘露，他乡遇故知。洞房花烛夜，金榜题名时。”“金榜题名”乃人生四大喜之一。我是90年代中期上的大学，那时候，谁家里出了个大学生，那绝对是一件大事，方圆十里都要放鞭炮，感谢祖上积了阴德。现在不是了。大学扩招制度让曾经非常热门的两个词“天之骄子”“象牙塔”再也不被提起。（我估计很多80后、

90 后都不知道这两个词是什么意思。）现在上大学，不仅稀松平常，甚至成为负担。高学费、高生活费、毕业意味着失业，这都是看得见、看不见的负担。

所以我说，读书不能改变命运了。

读书改变不了命运，但读书仍有必要。这里的“读书”，可以理解为狭义的读书，即阅读。

为什么说读书（阅读）让你与众不同？很简单，因为，当代人都不读书了。当代人个个一天到晚抱着个烂手机，刷刷刷，手指都刷破皮了。有次讲座，我讲过一个极端的例子：男女做完爱第一个动作，是什么？看手机！大家捂嘴偷笑，其实是讲到大家心里去了。

正因为大家不读书，你读书，你就与众不同，这是其一。

其二，静心、系统地读一本书，可以让你从书中找到、悟到智慧。“满腹诗书气自华”，你要相信这句古话。“气自华”，就是与众不同。

一定有人说：我在微信上也能读到不错的文章啊。是的，微信阅读也是阅读。微信上也有深度好文章。但不管怎样，微信阅读毕竟是零散的阅读。打个比方，你今天在微信上读到一篇深度好文，读完了丢在一边，就好像捡到一个可以砌房子的砖头丢在一边。你读了无数篇深度好文，也堆积了无数个可以砌房子的砖头。仅此而已。砖头仍是砖头，不是房子。书本呢？你一打开，从目录到序言到章节到后记，它都是构架好了的。你读完一本书，一座房子在你心里搭好了。就是这个道理。

还有，我建议大家多读“无用之书”。开卷有益是没错，但一定也有高低之分。多读“无用之书”，就是说，不要天天读《如何在

30 岁之前成为千万富翁》《如何跟领导处好关系》这类看似有用的成功学书籍。成功学都不靠谱，甚至可以说，都是骗子。因为成功学的核心是“你为什么不成功，因为你不够努力、不够优秀；只要你努力，你就一定优秀，你就一定能成功”。这非常煽动人心，但它其实存在逻辑错误。成功除了努力，一定还有别的因素，比如时局、机会。我经常举的一个例子是：今天的很多草根年轻人，仅凭自己的工资是一辈子都买不起房子的，难道是这一批人、这一代人都不够努力、不够优秀？显然不是。造成年轻人买不起房子的因素，太多了。

扯远了，说回来。最后，普及下“世界读书日”的真正来源。我估计大部分人都不知道。关于世界读书日，网上搜来的说法是，1995 年，联合国教科文组织宣布 4 月 23 日为“世界读书日”。其实，这个故事可以继续往前追，现代意义上的第一个“读书节”最早可追溯到 1926 年西班牙国王首次设立的“西班牙自由节”。

这个节日把伟大作家塞万提斯的生日 10 月 7 日作为庆祝日。但到了 1930 这年，庆祝活动移到了 4 月 23 日——塞万提斯的忌日，碰巧这一天也是加泰罗尼亚地区的大众节日“圣乔治节”。传说中勇士乔治屠龙救公主，并获得了公主回赠的礼物—— 一本书，象征着知识与力量。每到这一天，加泰罗尼亚的妇女们就给丈夫或男朋友赠送一本书，男人们则会回赠一枝玫瑰花。由此相沿成习，如今每到这一天，书籍减价 10%，玫瑰花的价格则陡然上涨。

书与玫瑰的浪漫，不亚于枪炮与玫瑰。枪炮摧毁一切，书重建一切。

旅行，走出去还得走回来

大年初八，大家上班了，他呢，上路了。今天讲讲“旅行上瘾”的事。

我这个朋友，1986年生，身体健康，热爱生活，工作勤恳。去年，他筹备了好久的西藏行终于好梦成真了，去了整整一个月。这次长途旅行，一发不可收拾。在路上的感觉，让他魂牵梦绕。每次聚会的时候，他都要跟你聊徒步，聊穿越，聊装备。聊完之后还不算，还要给你看他手机里的最新照片，告诉你他最近又去了哪里哪里，当然是以背包客的形式。这还不算，回家后他还会把自己写下的“在路上”长篇日记、攻略发给你看。

这都没什么，不就是分享嘛。关键是他去了一次西藏后，又去了第二次、第三次。一去就是二十天一个月，肯定得辞职。这就意味着，他回来之后要重新找工作。找工作对于他也不难。关键是他根本没心思工作，屁股还没坐热，就想着下一次旅行。老跳槽。最后干脆赋闲在家。一天到晚忧郁得很。实在没办法，那就支点银子让他出去吧。家人都为他急死了。

这个问题好多人都没想过吧。

你看，现在市面上很多书、杂志、网站，都在教人怎么走出去，旅行，找回自己。我和一书商聊过，这几年，自助旅行书卖得很火，什么《辞职去旅行》《再不旅行就老了》《我就是想停下来看看这世界》等。这些畅销书，无一不是鼓励大家远行，西藏啊，新疆啊，尼泊尔啊，中东啊，非洲啊，自驾啊，穿越啊。但很少人、很少媒体、很少书会教大家回来后如何安心、收心、安顿，回到正常生活中。很多人走出去就走不回来了。本来出去旅行是为了放空，结果回来之后更空了；本来出去是为了回来满血复活好好生活，结果复活不了了。所以我说，这个问题要重视。

“你累积了许多飞行，你用心挑选纪念品，你收集了地图上每一次的风和日丽，你拥抱热情的岛屿，你埋葬记忆的土耳其……你却说不出在什么场合我曾让你分心，说不出旅行的意义。”这首名字叫《旅行的意义》的歌，估计所有喜欢旅行的人都熟悉。可是并非所有人都能找到旅行的意义。走出去，并且走回来，这才是旅行的意义。

中年十大幸事

中年，即人生中途。中途，继续往前一步，是什么？不能说。说了悲观。

一般来说，人到中年基本定型了。

社会上有说："你四十岁都还没发财，这辈子就别想了。"官场上也有说："人过五十一，报啥都不批。"因此，中年人渴望稳稳的幸福；年轻人渴望动荡、更多可能性。

幸福是一种感觉，所谓：幸福感。

中年人如何找到幸福感？

这里有十件"幸"事，看看你有没有：

1. 读书读到有智慧的句子。

中年人行走江湖，靠的肯定不再是体力了，而是看破红尘的智慧。你这样，才有可能干过年轻人。智慧有时候来自经历，有时候来自观察，但最靠谱的是来自阅读。读历史，读经典，书里的智慧已经千锤百炼，够你用了。读书读到智慧，那真是捡到宝啊。

2. 有一两个智识相当且可以长谈的朋友。

中年人都孤独。这个孤独不是说中年人被抛弃了。中年人不是不需要交流，而是需要旗鼓相当、有分量的交流。找一堆人，吹瓶五块钱的啤酒侃大山，最不适合中年人。中年人需要的是在茶室里清谈，谈历史，谈天下，谈艺术，谈战争。表面上不谈自己，但其实谈的全是自己。

3. 不再动情，不为情伤。

中年人动感情是很可怕的。很多年前，有个作家叫赵赵，她有个句子叫“动什么别动感情”。中年人一旦动情，必是大内伤且出血，会闹出人命来的。

4. 有一两个深度沉迷的正当嗜好。

下班之后的生活，决定中年人的生活过得如何。沉迷某个正当嗜好，终极目的是干掉时间，安顿众生。

5. 夫妻基本和睦，包括性。孩子基本听话。

家和万事兴，天下之真理。

6. 亲戚关系相对简单。

不为人情累，人生不受罪。

7. 能和年轻人处得来，并被人欣赏。

都说“幸福来自内心”，但有几个人能做到？大部分幸福来自外界。人到中年还能被年轻人欣赏，还有迷妹迷弟，说明你还不至于油腻。你走路还带点风。

8. 江湖名声不臭。

宁愿风轻云淡，路人不识君，也不能晚节不保。人年纪越大，越活在良心里。名声臭了良心过不去，活受罪。

9. 物质生活基本稳定。

买一件自己喜欢的东西，不再为了便宜三五十块而上厕所思考三分钟，也不再需要走过三条街比较价格，心里开始意识到“我的时间比这三五十块贵”。

10. 有自己固定的穿衣风格和品牌。

终于了解自己，终于找到自信了。这是多重要、多好的事啊。

那些令人讨厌的中年人

1

A 君是个中型企业主，今年刚刚五十。20 世纪 80 年代初期他开始闯深圳，白手起家，一路打拼，如今资产过亿不在话下。近期他欲进军影视业，托朋友找到我来了解情况。两次饭局之后，我不再与之联系。

原因很简单，他实在太喜欢谈论自己的过去了。

“我当年可是只拿着 300 块钱闯深圳的。”

“我在深圳的第一夜，是睡在桥洞下的。”

“我当年可是从保安仔做起的。”

这是酒过三巡之前的话：个人奋斗、励志、正能量。

“我是坚决不给孩子留任何资产的。”

“我经常跟员工讲，做人第一，做事第二。”

“没有国家发展，哪有个人成就？”

这是酒过三巡之后的话：家庭、企业、家国情怀。

你和他在一起，有个错觉：他不是找你谈事的，而是给你做宣讲的。他的宣讲还挺有条理，从小入手，慢慢谈及人生、社会和宇宙。

不少稍微有点成就的中年人，都有这毛病。这可能是个人习惯，但更多的是一种傲慢。

2

B君是四十岁后从体制内辞职的，响应“全民创业”的号召，开了个半死不活的公司。

他倒不像A君那样侃侃而谈。他的“话风”是神神道道、神神秘秘：

“昨天晚上，我跟市里某某某领导、区里某某某领导吃饭，从八点吃到十二点，听到了很多内幕……”

“今天晚上，市里某某领导、区里某某领导请我吃饭。其实就是前段时间，我帮他的亲戚办了个小事情，他非得要当面感谢我……”

“那谁谁谁是我党校同一批培训的同学，我们住一个房间呢。那谁谁谁，我的前同事的老公，当年他没被提拔的时候，我们经常一起打球。那谁谁谁，我们同一年进的局里，我们都属猪……”

不少中年人活在炫耀中。类似的版本还有这些：

“我二环的房子……”

“他们说，我应该换一辆最新款的宝马，你觉得有这必要吗……”

“我吃斋念佛十年了……”

这些炫耀，有的是自以为是、自欺欺人，有的是炫富、炫品位，鄙视他人，标榜自己。

对了，这些炫耀还有升级版：

“你们年轻人，应该主动跟领导互动，不然是没有前途的……”

“你应该跟我一样，吃斋念佛，这才是真正的养生……”

不但要炫耀，还要教育人。

3

C君是个有家有口的普通上班族，但他身上的习性一说出来，很多人，尤其是与他接触过的女生，都会心有余悸、晚上连做三个噩梦。

公众场合，他爱谈论性话题。

首先是讲荤段子。

无论是公司开会、午间休息，还是一不小心共坐一部电梯，他都有讲不完的荤段子。他在这方面的才华无人能比：不仅讲得绘声绘色、滴水不漏、包袱不断，还能让每一句看似稀松平常的话都自带性的含义。

他讲荤段子的时候，总有人会笑、起哄，于是他更来劲，因为这种鼓励，他一天天成长为荤段子大王、荤段子活字典。对此他很有成就感，而不是不适感。

其次是吹嘘自己的性经历、性能力。他会以“过来人”自居，谈论自己的情史：谈过多少个女朋友。他喜欢用“搞定”一词。这个词其实是突出性经历、性能力的。

我的一个观察是，那些毫无忌讳、公开谈性的中年人，往往是生活中的失败者。所谓缺啥补啥，谈性，不过是聊以自慰：

不仅讨厌，还可怜。

4

都说世界是属于年轻人的，其实，世界是属于中年人的。因为，中年人是社会资源的拥有者。无论是政治、经济、文化，话语权都掌握在中年人手里。中年人是社会的中流砥柱，同时也主导着社会的气质走向。

因此，中年人应该有中年人的样子。

这个样子就是：

中年人可以身材走形，但不可以丑态毕露；

中年人可以世故圆滑，但不可以倚老卖老；

中年人可以平淡无为，但不可以粗鄙恶俗。

中年人，在李宗盛的歌里，已经越过山丘。人生海海，大河弯弯，轻舟已过万重山。吃过的苦，熬过的痛，都成往事与笑谈。逝去的是岁月，得到的是不惑。

所谓不惑，就是更从容、更谦卑、更尊重和理解他人，也更爱惜自己的羽毛，除了一日三餐、房子、车子，开始有更高的追求，试图成为一个完美的人。

关于说话的10句话

人一辈子做什么事情最多？

说话。

我们早上一起来就开始说话，一直到睡觉。

有时候睡觉还在说，说梦话。

说话很重要。

说话就是做人，做人就是说话。

有人一开口，就讨人嫌令人厌；

有人一开口，你就想躲得远远的；

有人一开口，你心里就骂他傻叉。

为什么？

钟二毛今天告诉你10条关于说话的秘密。

1

说话的艺术千千万，第一条是必须要真诚。

真诚，就是不要骗人，尤其不要颠倒黑白。颠倒黑白，会害人，是恶行。

善意的谎言除外：夸一个女生“哇，你又变瘦了”，是可以的。

2

不要阴阳怪气。

有很多人把阴阳怪气当成幽默。

有个朋友名字叫“高大伟”，但他身高不到160厘米。有的人喜欢说：“哇，你果然好高大伟哦。”别人嘴上不说什么，但心里肯定不舒服。如果这个人计较，有一天成为你领导，OK，你基本上没戏了。

这就是很多人有才却永远升不上去的原因之一。你嘴上太没遮拦了！

3

不要拿人家的生理缺陷开玩笑。

别说开玩笑，问都不要问，尤其是刚认识的朋友。

不要问人家：

“咦，你怎么是罗圈腿？”

“咦，你肩膀怎么一高一低？”

“咦，你眼睛怎么这么小？”

（对女生说）“咦，你皮肤怎么这么黑？你怎么是平胸？”

——身体是爹妈给的，你有什么资格去奚落人家？

有人觉得我没奚落啊，我这是关心啊。

滚蛋吧，谁要你关心!

4

不要随意打探隐私。

我曾经自曝过一件糗事：说的是有一年去香港录杨锦麟老师的节目《夜夜谈》，那一期梁文道老师也在，还有另外一个老师。作为一种习惯性的闲聊，我顺口问了在场某个老师一个跟个人隐私有关的问题："老师您孩子多大了?"当时我也是刚当上父亲，觉得问这个问题很正常。谁知，此时杨老师立马用眼神暗示我"No no no"，我立即明白过来，脸刷地红了，无地自容。

这是在香港啊！香港，每个人都很注重隐私保护。

咱们内地人喜欢打探别人的隐私，而且还是打着关心的幌子。

"你小孩多大了?"

"老公干吗的?"

"哇，你在腾讯上班，收入很高吧，有多高，我先猜一下啊……"

这都要不得。

你们的关系还没到那个地步。

即使到了那个地步，有些东西还是不问为好。

5

说话不要太冲。

比如：

“就你，这辈子都不可能超过我！”

“你长成这样，还想追她！”

（掰手腕或者打球）“我单手都可以赢你！”

太冲，一个是你不尊重人，一个是你不知道“人不可貌相”“三十年河东三十年河西”这两句古话背后的智慧。

说话温和一点，你才会有真朋友。

6

说话不要太满。

比如：

“我这辈子不可能找身高160厘米以下的女生。”

“我只嫁身高180厘米以上的男生。”

“我再也不会来北京这个鬼地方了。”

“亲爱的二毛老师，对你我永远不会‘取关’。”

这个世界哪有永远、绝对啊。说话太满，容易给自己造成尴尬。

当然，恋爱的时候，头脑发热，“我永远爱你”，是可以的。

7

说话要站在对方的立场，这样会让人觉得舒服。

很多人说话喜欢过嘴瘾，但一不小心就得罪人。

比如：

“这么烂的电影，你居然说不错，你什么审美啊！”

——你说烂就烂，你是标准答案吗？

“哇，一千米你都跑不及格，你还是男人吗？”

——不要为难一个胖子，好不好？

“钟二毛，让你帮我想句广告词你都不帮，对你，不就是一个灵感的事嘛，小气！”

……

这么说话，就是不顾及对方感受，先入为主，自以为是。下次，人家见了你就想岔开话题，就想逃。

8

无关紧要的事，不要太较真。

比如：

“大啊，你怎么喜欢吃榴梿！”

“你怎么喜欢广州，那里的人说的都是什么鸟语啊！”

“还在北京？雾霾那么大，还不离开？”

说话不讲究逻辑，人家听了一方面无语，一方面怀疑你刚从精神病院逃出来。

9

说话不要太强硬。

委婉一点，给对方台阶下。

“你必须”“你一定要”“老子告诉你”“没得商量”“老子不管”……

如果你用这个语气跟你平级的同事说话，对方心里可能说：你谁啊！

作为团队、协作关系，你们很难共事。

如果你用这个语气跟你的女（男）朋友说话，对方迟早会跟你说拜拜，除非他受虐已经成习惯；

如果你用这个语气跟你的下属，甚至是孩子说话，对方慢慢地就会不服你，甚至开展非暴力不合作运动。

我老妈经常说一句土话：“三句好话心中暖，话好水也甜。”什么意思？柔软一点，你好我好大家好。

10

最后一项，才聊到所谓的技巧：说话前动动脑子。

我经常举的一个例子是：

一个烟鬼问牧师，祈祷的时候我能不能抽烟？牧师答，当然不能。

然后一阵呵斥。后来烟鬼换了一个问法，说抽烟的时候我可以祈祷吗？牧师答，可以。然后一通赞赏。

你向老板请假去泡妞，不能只丢下一句话“我有事，明天来不了”，这样他不炒你鱿鱼炒谁啊。你要动动脑子，想一个大家都能接受的理由。人心都是肉长的，你真有急事，请个假又算什么呢。

在公众面前如何讲话

1. 储备。

讲一件刚发生的新闻，你能联系到两千多年前，孔子是怎么处理的，也能联系到三百年前美国的类似事件，人家是怎么处理的。

储备让你的谈吐信息量大。

储备一开始是刻意的，会百度或者查一些资料，强记。后面就不用了，因为肚子里的东西基本够用了。这时候就是张口就来，一般场合都不会发怵，再怎么放飞，都可以拐回来。

其实道理就那几个，如何讲得有趣、让人爱听，就看储备。

2. 多练。

自己找机会当众讲话。

多练的重要性和“储备”一样大。

很多年前，我请教过一个电视主持人，我说你每次搞活动、演讲为什么气场总是那么强大，从不会冷场？奥秘是什么？大招是什么？

我以为他会说很多技巧，比如语气抑扬顿挫啦，穿衣打扮啦。哪晓得他讲：兄弟，每个演讲开始前，我都操练了一百遍。

我当时听完，心里想：我去，大哥，你这是糊弄我啊，这算啥奥秘、啥大招！

几年后，我自己再总结经验发现，哎哟，人家还真没糊弄你。是的，奥秘就是操练一百遍。

当然，这个“一百遍”是个概数，不是真的一百遍。

有人没什么才气，但他天天上台讲，也会一套一套的，至少不会卡壳。

3. 有了储备和经验，基本上就 OK 了。至于一些小技巧，比如如何因地制宜、因人制宜地开头、结尾、互动、甩包袱，那都是小 case 了。

4. 自嘲。

一定要勇于自嘲，敢于自嘲。自嘲的目的是让你自信。不知道这句话大家懂不懂。

不懂？那就听我的，猛烈自嘲就是。你会体会到自嘲之爽。

能够消解疲惫的10句话

感觉活得累，是都市人的普遍现状。

这个“累”，不是指工作劳动量上的累，也不是工作压力方面的累。工作之累，人皆有之，也正常。不累的工作还叫工作吗？

让人累的，往往不是体力、体能、心理压力上的累，不是加班之累，不是被老板批评之累。

让人累的，往往是人情、人际交往和各种琐事！

这点，我想不需要展开、啰唆。

钟二毛来讲讲怎么破。

一、不要把时间和精力耗费在鸡毛蒜皮的小事上

每个人有每个人的梦想、主业。从某个角度上说，跟梦想、主业无关的事，都可以称为鸡毛蒜皮之事。“中午去哪里吃饭、吃什么、要不要换一家外卖？咦，要不要叫上那谁谁一起？”这类问题，你坐在格子间里一想就半天，纠结死了，有意义吗？当然，你非得跟我抬杠说“民以食为天”“吃饭是人生大事”，那建议你不要看这篇文章。

鸡毛蒜皮，还包括蝇头小利。A超市的鸡蛋比B超市的贵五毛钱，然后你专程花半小时去B超市买鸡蛋。难怪你累！另外，请问，你的时间就这么不值钱？

二、不要搞混人际关系

家人、同事、领导、下属、朋友、同学、闺蜜、发小、哥们，你应该分得清楚谁是谁。厘清人际界限，不要“串味儿”，跟什么人，就说什么话，做什么事。

你失恋了，在酒吧里喝了两杯，一时悲伤想倾诉，可以跟家人说，跟闺蜜说，但别逮着同事也一吐了之。第二天，各种觉得不合适，惶惶不安，都想打自己一耳光。你当然累了。

当然，我们自己也要学会拒绝这种混乱的人际关系。不主动插手别人的事，不主动打听别人的隐私。

三、不欠人情债、自力更生

非不得已，不要求人。做人情累，欠人情债更累。

网络时代，“度娘”会帮你搞定一切，也别老拿自己是文科生当借口。

四、不跟不在一个频道上的人争论

讲个典故：在古代，有两个人发生了激烈的争论，一个人说四七二十七，一个人说四七二十八。两个人争执不下，扭打到官府。县官想都没想，直接判说四七二十八的人有罪，重打五十大板。这个人冤啊，忍不住责问县官大人："为什么？"县官答："那人糊涂到四七二十七的程度了，你还要和他没完没了地争论，和糊涂人争论就是更糊涂，不打你打谁？"

五、不要陷入情感纠葛，要快刀斩乱麻

很多女生最需要记住这一点。过去的感情，往事不可追。一追就追尾，故事成事故。如果你能够和前任友好相处，那就继续保留他的联系方式。如果你不是自制力特别强的人，或者你的前任是个渣男（不好意思，我直说了），就快刀斩乱麻，删掉一切联系方式，切断一切来往，尘归尘土归土，此生永远不再见。

六、不要陷入陈年往事，"祥林嫂"似的没完没了

过去受到伤害、受过挫折，别老拿来说。你老提过去，你注定没法大步向前。很多优秀的人都倒在这里。

各位想想，鲁迅小说里的"祥林嫂"能过好一生吗，能开心、能幸福吗？之前那篇文章《小心这 3 个 P》，可以再看一遍。

七、不要攀比，更别羡慕嫉妒恨

人家有钱、有爹、有干爹，一毕业就开公司、开宝马，关你屁事，你干吗一有机会就说人家的风凉话！你有什么不平衡的？虽然他上学时成绩不如你，作业还是抄你的。你多想想如何让自己强大就是。

再说了，很多人表面风光，十有七八背后并不风光，不值得你羡慕嫉妒恨。

八、不要过于玻璃心

职场上、生活中，很多人说话就是随口一说，你当真了，一个人难受得不行。别人呢？早忘了自己说过啥。

不涉及重大问题，别那么自尊心强烈。或许，你也曾经无意冒犯过别人呢？

九、不要明知故犯，明知山有虎偏向虎山行

你一个女生，明明知道“约炮”不会好到哪里去，你管不住自己，非得约。约完后，无尽懊悔和担心。我说你这是自作孽、找抽，姑娘！

你又不是武松，干吗明知山有虎偏向虎山行？

十、不要杞人忧天

摘抄一段心理学家的统计：在我们的烦恼中，有40%都是杞人忧天，那些事根本不会发生。另外30%则是既成的事实，烦恼也没有用。另外20%，是事实上并不存在的幻想。此外，还有10%，是日常生活中的一些鸡毛蒜皮的小事。也就是说，有90%的烦恼都是自找的。

培养独立人格，你该看看这些

第一，我是我的我。

这句话很虚，但又很实。这个“我”可以是指你的手脚、身体，也可以指头脑、精神，说得更文艺点：灵魂。

从东方思想说，我，来自父母，来自血缘。但脐带剪掉那一瞬，我就是一个独立的人了。所以我是我的我。

从西方思想说，我来自上帝。但上帝希望你在万千世界里救赎自己的原罪。你的原罪不是上帝的原罪。所以你是你的你。

这是第一个认知。

第二，我是我的我，那么我为我负责。

很多人讲独立，但不敢承担责任。

我口说我心，但说了又不敢负责、不敢承认，这等于放屁。没有责任的独立，是耍流氓，也是个笑话。

第三，怎么才能够为自己负责呢？

不是嘴上说说。你得有能力——不是当总统、当老板的能力，是养活自己、保障自己的能力。如果你有家有口了，这个能力还包括让家人生活质量合格的能力；如果你是老板，这个能力还包括散伙时能让员工拿到他应该拿到的补偿的能力。这个能力，在很多时候，体现为特别俗的一句话：你得有钱。

无论男女，经济独立，非常重要。经济基础决定上层建筑，这句话很无情，但它是真理。别说人了，连动物界都这样，哪个母猴子手里有玉米棒子，一个个公猴比谁都不要脸。

第四，看懂了前面三点，进一步的认知是，独立了，还得会表达。

表达的第一步是，你要敢于说出来。

中国的传统是隐而不说，原因或者是顾全面子，或者是顾全大局，或者是不愿伤他人自尊。有时候不能这样。我就想到陕西榆林一个产妇想要做剖宫产而不得，结果跳楼身亡的惨剧。不知道她在家里是不是经济独立，有没有地位。也许没有，也许有。没有，咱不讨论。如果有，这个时候就应该敢于表达。女人有时候是要有一点气势的：这是老娘的肚子，老娘说要剖宫产，其他人给我闭嘴——西方人这方面比我们做得好。

敢于说出来之后，才是如何巧妙说出来。如何巧妙，看人看事。其中技巧，无法一一细说。有人情商高，说起话来九九八十一个弯，最后一摇三摆、婀娜多姿归入大海。有人情商没那么高，说话冲得很，事情容易搞砸。但没关系，说总比不说好。

第五，独立是开放，不是封闭。

这是要警惕的一点。否则，你的独立姿态很难看不说，还容易误伤他人。

独立不是说老子天下第一、唯我独尊。独立是我有我的观点，但我同时捍卫你说话的权利。独立是允许、尊重他人和我不一样，而且还可以和他做朋友。

第六，建立自己的独立人格，最需要解除的枷锁是对“独立”的误解。

中国几千年来是集体主义教育，所以我们阅兵的时候，队列整齐世界第一。美国人为什么很少阅兵？一帮大兵一站出来，你抓头发，他挠耳朵，怎么阅？人家不习惯“整齐划一”这个事。

所以在生活中，“独立”好像给人不通人情、孤傲、冰冷的感觉。很多人为此不敢用这一招。

错了。独立才是一种教养。

独立让你六畜无害。独立的人，一般都少麻烦别人，少麻烦社会。如果人人独立，社会就能秩序井然。

钟二毛今天就讲到这儿。愿你早日拥有独立人格，做一个六畜无害的人。

那些“10 万 +”鸡汤永远不会告诉你的生活真相

1. 爱情所有的问题都是因为你爱得还不够。

2. 生活的本质是平淡，婚姻的本质是平淡，平淡是正常的，不平淡是不正常的。很多人认识不到这一点，所以即使有钱有名也痛苦，即使曾经发誓海枯石烂最终也以拜拜告终。

3. 害怕变化是人的本性，或者说动物的本性，甚至是植物的本性。我在 A 岗位干得轻车熟路的，你把我调到 B 岗位，工作内容变了，同事与领导也变了，我当然不愿意。这是正常的。连老虎，你把它从 A 山头调到 B 山头，它都有可能不适应；橘子，你把它从淮南搞到淮北，它都要“生气”、变种，所谓“南橘北枳”。何况人！但是一旦变化来了，你要迅速适应它。很多人本来挺棒的，却在某一次变化中转不过弯来，拗得很，真遗憾。

世界是变化的，而且变化得越来越快，你必须敢于面对变化。这个变化还包括内部的变化，如年华的逝去、身体的衰老。

4. 机会都是自己找出来的，这道理是个人都知道，但很少人知道，这个“找”是认真地找、扎实地找。你看《战狼》的导演、主演吴京，跟李连杰一样，也是全国的武术冠军，但在他出道的时候，演动作片的机会都被成龙、李连杰霸着。没机会，先去香港。在那里认真当小弟，最后洪金宝都愿意跟他演对手戏。小有名气后，他觉得香港电影不如以前，机会还是不大，又回到内地，然后终于找到了属于自己的“蓝海”：军事 + 动作。

今天，很多人也都在不停地找，但均是浅尝辄止，挖水井一样，挖了一米没看到水，换一处，再挖一米没看到水，又换一处。这不叫找水，这叫挖坑。

互联网时代，机会很多，所以尤其要警惕这一点。

5. 有的人确实玩什么像什么，学得快，有才，有精力。但是我觉得人到了一定年纪还是要集中精力、择一而居。你的标签里有一个非常牛就可以了。

6. 与众不同，永远是成功的法宝。所谓做生意、策划、营销、艺术创作、泡妞，皆如此。

7. 我讲过很多遍的，你之所以痛苦，无非两点：一，吃得太多，二，想得太多。

8. 只要不做犯法的事，勇气就是个好东西。没有勇气，就没有奇迹。

9. 人还是要找到精神上的寄托。钱再多，你不可能把钱当饭吃进去。工作之余，培养自己对某一门艺术、运动的热爱，相当重要。

10. 永远不要忘记自己是个有理想的人。

11. 你不可能被所有人喜欢。翻翻历史看，连最伟大的人物都有反对者、敌人，何况你。有人不喜欢你是正常的，也是对的。人人都喜欢你，要么你马上要发钱给大家，要么你是个将死之人，大家都想积点口德。

12. 有的人做什么事都能成，每次出现在大众面前都春风得意、走路带风。他不一定是天才，也不一定是运气好，也不要动不动怀疑人家有干爹。

大部分能成功的人，背后经历了多少煎熬、吃了多少苦、忍受多少屈辱，你不知道。当然，他也不会告诉你。歌词唱得好：没有人能随随便便成功。

13. 每个人有每个人的等级，跟你不同等级的人是注定走不到一起的，别刻意追求。你的学历，你的审美，你的世界观，你的脾气，你对某一件事的认知，你对某一领域的兴趣和深入钻研程度，等等，都会形成等级。找到跟你同一等级的人来往、交流就可以了，不必强求进入跟你不同的圈子。如果你一个圈子都没有，有可能是你太厉害，高处不胜寒；也有可能你确实太 low，没人跟你玩。如果是前者，恭喜你，去读书吧，书里有高人，大把可交流的对象。如果是后者，你得反省了。

14. “友谊天长地久”是个伪命题。从发展的规律说，天未必长，地未必久。朋友注定是不停地不停地失去、淘汰、更新换代的。小学有小学的朋友，中学有中学的铁哥们，出了社会有出了社会的知己，随时做好心理准备，天下没有不散的筵席，朋友终将渐渐散去，因为大家都在变化之中。变是好事。

15. 早日明白一点：人终将孤独一人。这个“孤独一人”，虽说你有子孙满堂，你有员工百人，你有粉丝百万，依然如此。

16. 人都想干成很多事。如果最后没干，或者没干成，原因可能是没有钱、没有贵人、没有遇到好时代、被对手打败、被自己人坑了，等等，但这都是小原因。最大的原因一定是自己不够勤奋、不够聪明。说得土一点，你太懒了。

17.面对选择，年轻的时候最不该犹豫，但往往最喜欢犹豫的都是年轻人。年轻时不犹豫，往往成好事。

18.花无百日红。人也是一样。别有点小钱、小名、小成就、小权力，就忘了自己是个长着两条腿的普通人。过不了多久，你就会过气。毕竟人都会过气。

19.这个世界上，高手确实有“科班出身”和“野路子”两种。但是，如果有机会、有条件，最好能进入科班学习。因为术业有专攻。

20.判断一个人不要只听别人的。我们有时候很容易因为听到别人评价某人时说的坏话，就判断这个人是坏人。如果这是你判断人时通常的做法，说句武断的话，你这一辈子基本上也就不好不坏、平庸过了。因为，你不是你，你是别人。

第四辑

情感世界：身心独立，优雅从容

不要害怕一个人的孤独

1

认识一个女生，海归三年，凭自己的实力在一个大公司里当上了高管，颜值、经济条件都不错，但一直单身。为什么一直单着？她说出来的原因，吓了我一跳。

她说：找不到一个说得上话的人。

2

两千多年前，孔子为什么要讲“有朋自远方来，不亦乐乎”？

那是因为身边没有说得上话的人。

那到底什么叫“说得上话的人”？

跟你一起烧烤美食、娱乐八卦、自拍喝酒的那个人？

你可以放肆地向他倾诉、痛哭、撒野、借钱的那个人？

可能，但也不一定。

最有可能的是，跟你情投意合、势均力敌的那个人。

比如伯牙与钟子期。

3

回到文章开头说的那个条件不错的女生，她说她要找一个说得上话的人，我为什么吓了一跳？

因为这个要求好高！比宝马豪宅高出一万倍。

不信，你停下来看看，你身边有几个人愿意安静听你讲讲你的心事与想法？

大家都很忙。“行了行了，你别说了，我大概知道了，找时间我们再谈。”

大家都讲究效率，包括相亲。“条件一、条件二、条件三……”男女双方都在暗自揣测，行，留下，不行，“老板，埋单。”

这都什么世道。

4

听都不想听，更别说交流，更别说对话。

2009年，刘震云出了本小说叫《一句顶一万句》，讲了什么呢？小说开头讲的是：孤独无助的吴摩西失去了唯一能够“说得上话”的养女，为了寻找养女，他走出了延津；小说的后半部写的是：吴摩西养女的儿子牛爱国，同样为了摆脱孤独寻找“说得上话”的朋友，走向了延津。一走一来，延宕百年。

书里有句话这么说：世上的人遍地都是，说得着的人千里难寻。

5

怎么办？当然要不忘初心，寻找、等待那个说得上话的人。可以是恋人，也可以是朋友。不要害怕一时的孤独。你对自己的要求有多高，你就有可能有多优秀。

一定有另外一个人，也在寻找能够跟他说得上话的人。这个人可能就是你。

你唯一要做好的就是修炼自己：人格独立，经济独立，视野开阔，行万里路，读万卷书。你双手抚琴，一出来就是高山流水。

你是伯牙，钟子期自然会出现。

姑娘，你必须要有钱

1

第一个故事，是我十年前当记者时采访过的一个案子。

一个二十几岁的女孩，跟一个比她大将近十岁的男子生活在一起。

这个女孩长期被虐待，长期胆战心惊，但长期不报警。

最后是她邻居报的警。

女孩脱离虐待后，说了一句：

“其实，最痛苦的时候不是被殴打的时候，而是每次叫他给钱的时候，他都会加上一句话——上个月给的零用钱，这么快又花光了？”

2

第二个故事，是我中学同学的故事。

这个女同学来自农村，学习成绩很好。我考到北京上大学那年她去了上海。

九十年代中期上大学，一个月生活费也就三百块钱。但这笔钱对于农村家庭来说，并不是小数目。

那时候，大学生打工最好的差事是做家教，最累的是上街派送礼物做问卷调查。她大一开始做家教，一直到大四，有时候寒假也不回家。周末则上街派送礼物做调查。冷风中，她骑单车从城市东头到西头，然后绕到南头再回来，是经常的事。

大学四年，很多农村同学都曾争取机会申请困难补助，唯独她没有。

这件事，让她觉得比谁都骄傲。农村孩子与生俱来的自卑感，她一点都没有。

她后来成了一家大公司的老板，先生是非常优秀的英国海归。

她也是我们几十个中学同学中最有人格魅力的人。

3

第三个故事，也是真实故事，主人公是我带过的一个实习生。

她毕业时没什么拿得出手的条件，比如学历、学校，包括外貌。一定要说优势的话，那就是两个字：勤奋。

作为所谓的“老师”，我能力有限，推荐她到了一个不大不小的外贸公司做内刊编辑。勤奋的人到哪里都有机会。她做了一年编辑，接手了公司的对外宣传、媒体接待、危机公关等工作。后来，我偶尔跟她聊天，获得的信息就是她一直在升职、加薪、被挖，当然更多的是加薪。

故事重点不在这里。她恋爱了，男生是个超级有理想的贫穷艺术家，一心想拍纪录片。她爱他，无条件支持他。后来这小伙子也越来越行。

去年，她男友的作品入围了国外一个重要电影节的竞赛单元。

这女孩讲过一句话，意味深长：如果没钱，我拿什么拯救爱情？！

4

第四个故事，是听来的。相信不少朋友也听过。但每看一次，我都很受震动。

抄录如下：

去楼下喝粥，我隔壁桌的几个女人因为皮蛋瘦肉粥里面没有瘦肉和老板争执起来。老板说瘦肉已经煮化了。“怎么就这碗化了？其他的怎么都有，12 块钱这么一碗你还偷工减料，好不好意思啊！”其中有一个女人越说越激动，竟哭了起来。老板被吓住了，表示可以送一碟点心给她。有个年纪大点的给哭的那位递纸巾时说：“小赵啊，一碗粥而已，不至于的。”她抹着眼泪说：“我不是哭这个，我难过的是我已经三十岁了，还因为一碗粥跟别人斤斤计较吵了起来。这根本不是我想要的人生啊！我什么时候能不过这种日子啊？！呜呜呜……”整个二楼陷入了谜一般的安静，身后的服务员也沉默了……

5

素来以“读书多”自居的钟二毛，今天为什么突然想讲这几个故事，谈这么俗的一个话题？

这是我对社会的小小观察与思考。

大家注意到没有？这两三年，一种普遍的社会情绪，正在年轻人中上升。

那就是：世道艰难，草根难当。没错，今天这个社会就是这样。

经济下滑，工资几年不升，物价（尤其是房价）倒是噌噌往上飙，你说世道艰难不艰难？草根难当，更是容易理解。好不容易找个女朋友，却因为没有房子，结不成婚。每日都要战战兢兢地工作不说，有时候还会被冠以“暮气沉沉”“懦弱的一代”的称号。

正因为这样一个背景，所以前几年“世界这么大，我想去看看”的辞职信，才引起大家强烈共鸣。

嘿，既然这么苦，为何不任性一把？

6

任性一点，也没错。

但很多人会任性很多点，过头了！

这在年轻人当中，尤其是女孩子当中很普遍。

具体表现出来的观念就是：

我正值青春，二十几岁，最重要的事当然是恋爱、享受、玩，不顾一切地玩。

我是女生咧，每个月赚的够自己花就是了，那么拼干吗？

我一个女生，要我赚钱，那男生呢，以后我养他啊？

这样的想法，看上去很潇洒很接地气，但是，以后吃亏的可能是自己。

且不说“经济独立才能人格独立”这些大话、套话。往现实点说就是，未来，男人注定是靠不住的，你能靠的就是你自己。

为什么？

我在自己的跨年演讲里讲过：男人注定是靠不住的。

这个“靠不住”不是道德意义上的“靠不住”，别理解错了。

什么意思？社会从冷兵器时代，一步一步经历热兵器、蒸汽机、互联网时代，社会结构和男女关系已经发生巨大改变，分工越来越细，男人和女人的社会差异越来越模糊，男人越来越难靠住。到了未来的智能机器人时代，人人都是“无用阶层”。

女生都应该有这个认知。男人靠不住，怎么办？靠天靠地不如靠自己，你独立强大、自信满满，地球和男人都跟你转。

姑娘们，早点动手赚钱吧。

女性最大的魅力

杨绛先生去世，真假难辨的“语录”“金句”铺天盖地而来。新媒体时代就是这样，大家发微博、微信，未必真了解其人其事，图的东西只有一件：刷个存在感。

要了解杨绛其人其事，有一本书，是值得一看的。那就是《听杨绛谈往事》。这本书的作者叫吴学昭，曾是新华社记者，也是大学问家吴宓的三女儿，1930 年出生。吴家与钱锺书、杨绛一家交情很好，属于“通家之好”。吴学昭以听杨绛讲往事的方式，写成了这部著作，成书后，复经杨绛亲手修订。这本书记录了杨绛自出生至 98 岁的经历。杨绛说：“作者吴学昭是我的好友。有她为我写传，胡说乱道之辈就有所避忌了，所以我一口答应。”——可以理解为这本书是杨绛先生认可的自述或者传记。

就我个人口味，这本书有几个细节值得拿出来一说。

先来看第一段：

“学期终了，锺书要我留校补习一两个月，考入清华研究院，两人就可再同学一年。他放假就回家了。他走了，我很难受，难受了好多时。冷静下来，觉得不好，这是 fall in love 了。”

这里讲的是杨绛和钱锺书一见倾心，两个小年轻互相喜欢得不得了。男人总是很冲动，钱锺书也不例外。接下来，他要求结婚，并且夫妻两人双双把书读。

按理，心头小鹿乱撞的杨小姐应该顺势答应才对，从此“幸福地生活在一起”多好，是不是？我们来看看杨小姐是怎么做的：一，不能接受他的要求；二，暑假报考清华研究院她还不够格，得加紧准备，留待下年；三，钱锺书一心想和杨小姐同学一年，不赞成她本年放弃投考清华大学研究院，杨小姐无暇申辩，就不理他。

这个时候的杨绛，也就二十一二岁。她的独立、理性，由此可见一斑。爱是爱，你是你，我是我。

再看第二段：

“干校回来，我很感慨，想记下点干校的事。《干校六记》是从干校回来八年后才写的，是读了《浮生六记》才决心写的。我的题目和六记都照《浮生六记》的样。我是费了好大一番心思写成的，自信这部《六记》，超出我以前的作品，所以，我动笔前告诉锺书，我要写一篇《干校六记》，他泼冷水说：‘写什么《六记》！’他说没用，我还是把我想好的写了出来。我写完后给他过目，他不声不响，立即为我写了一篇‘小引’，我就知道他这回是真的觉得好，不是敷衍。”

如果把杨绛换成张绛、李绛，面对比自己更有名气的老公的泼冷水，估计都会就此罢休了吧。杨绛没有，迎着冷水坚持自己。

还是那句话，爱是爱，你是你，我是我。我心中自有定数。

这样的女人，令人尊敬，令人着迷。

最后再看一段：

“短篇小说集《人·兽·鬼》，是锺书于抗战胜利后出版的第一个集子，由上海开明书店1946年4月初版。‘此书稿本曾由杨绛女士在兵火仓皇中录副，分藏两处’，锺书如此说明。”

杨绛挽救了爱人最重要的东西。这是勇敢、机智。

把这三段单独拿出来说是什么意思？

无论是在爱情中还是婚姻中，杨绛都在证明一点：男人，女人，最大的魅力就是独立。用舒婷的诗句说是“我必须以一棵树的身份和你站在一起”。这不是为了取悦对方，而是为了取悦自己。

由这样的人搭成的婚姻，可能也是最稳固的。

难怪钱锺书说杨绛是“最贤的妻，最才的女”。我想，这里的“贤”“才”，应该可以理解得更为宽广一些，不仅仅是锅碗瓢盆的“贤惠”，不仅仅是写得一手好文章的“才”。

杨绛先生在谈论男女关系、夫妻关系方面，有几句话，我觉得非常经典。这几句话是这样的：

“夫妻该是终身的朋友，夫妻间最重要的是朋友关系，即使不是知心的朋友，至少也该是能做伴侣的朋友或互相尊重的伴侣。情人而非朋友的关系是不能持久的。夫妻而不够朋友，只好分手。”

爱情到底是什么

今天是白色情人节，来谈谈男人、女人、爱情和性。

1

爱情要不要考虑现实？要。

不考虑现实的，那只是爱情，不是为了进入婚姻的爱情。

但是！重点在“但是”这里：

但是，一定不是两人一见面就谈现实。

一见面就谈现实，这是买卖，哪里是爱情！

爱情刚发生的时候，就是秋波，就是电，就是荷尔蒙。

有了这个做基础，再慢慢涉及现实。

现实是可以通过努力改变的！两人一起努力，是可以改变现实的！

不要像条死鱼一样顺水而下。

2

我问各位：恋爱是怎么来的？

当然是谈出来的！

问题又回到刚才。一男一女，还没见面就开始在微信里聊啊聊，聊什么呢：

你工资多少，我工资多少；

你有没有房，你的嫁妆是什么；

定居在你那个城市，还是我这个城市，还是另找一个城市；

以后钱归谁管，要不要和老人住……

这哪里是谈恋爱，这是开会啊。来来来，哥几个姐几个，坐下，坐下，咱开个短会，来来来，开会了开会了。

这可是要把恋爱往死里谈啊！

3

怎么谈恋爱啊？

怎么判断一个人适不适合你啊？

看日常生活。

你和他去吃个饭，见个朋友，到超市买个苹果，看看他见到路边乞丐怎么给钱，碰到麻烦事怎么解决，一个动作一个表情，你就可以判断你们合不合适。

反复几次，你的判断就八九不离十了。再怎么装或者做样子，都可以看穿的。

但是，又是重点了！

但是，发现对方有你不喜欢的特点，也不要轻易下判断。人无完人，重要的是看大方向。

再说了，找个镜子照照自己：你有没有别人不喜欢的东西？

要求别人的同时，别忘了要求自己。

这样慢慢谈，最后做的决定会靠谱一点。

4

爱情没有什么丢脸不丢脸的，喜欢就要去追。

把自己的意思表达出来，免得后半辈子后悔。

当然，你要是觉得暗恋也是一种美，那也可以。

看各人的价值观。

重要的一点提醒来了：女追男，怎么追？

哇，那个男生好优秀，好帅气，我好喜欢，但我条件却不如他，怎么追？

我先提供一个高大上的招：

自自然然表现你自己就可以了，是你的菜，自然会到你碗里来。

我再提供一个歪招，其实这也是古人的兵法：

再优秀也有弱点，你就攻击他的弱点呗。

但是，切记不要用下面这个烂招：

把自己搞得很性感，色诱别人。

因为男人是这么一种物种：脱裤子时比小甜甜还感性，一提上裤子就理性得像块生铁。

三个故事教你认清男朋友

1

A 姑娘，在深圳一个签售会上认识了我。

她跟我说，她男朋友是位影视行业的新秀、创始人、CEO，融了一大笔钱，准备拍一个比《美人鱼》更卖钱的电影（那时候，《战狼2》还没出来，否则他的目标可能是《战狼 2》了）。

A 姑娘说，钟老师你的某小说，蛮适合改编影视的，你能否写个故事大纲给我，我推荐给我男朋友。

这是好事，写个大纲也是理所当然的，于是我认真照办。A 姑娘把我微信给了她男朋友。他加了我，我通过了。他连一个微笑的表情都没发。

老板总是很忙的，完全可以理解。

一个月后，没有回音。

老板总是很忙的，完全可以理解。

一个月后，北京一家影视机构咨询我这个小说的影视版权是否还在手里。我赶紧在微信里发语音消息给他。毕竟，什么事情都讲个先来后到，我必须要告知他。

没回音。

一周后，我跟北京的影视机构达成了合作。

以为这事就了结了。谁知道，今年大年初一，接到一个电话，开头就问："你那个小说影视版权真卖了？"

我说"是"。他"哦"了一句，挂了。这时候我才想起是他。

我又以为这事就了结了。谁知道，前天，他又打来一个电话，劈头就问："你有正能量的题材吗？我只要正能量的！"

"不好意思，没有。"这次是我先挂了电话。

2

B 姑娘，新谈了一个男朋友，一定要我给她参考参考。

我先问她，你最看重男人什么？

B 姑娘说，心地善良。

我说，简单，你观察一点，就能判断一个人是否真的心地善良。你男朋友开车不？

B 姑娘说，开，还是宝马。

我说，你坐在他车里，车停红绿灯前时如果有乞丐过来要钱，你观察下他。

几天后，我问 B 姑娘，他给乞丐钱了吗？

B 姑娘说，给了，挺大方，五块。

我说，是摇下车窗掏出钱看着乞丐给，还是给完就不耐烦地摇上车窗?

B姑娘沉默了一会儿说，他把钱丢过去，很厌烦地挥了挥手。然后，一路上都在跟我说乞丐怎么怎么脏、怎么怎么令人讨厌。

3

C姑娘要搬家，热恋的男友据说是个超级暖男，什么事情都想得很周到，主动帮她找了搬家公司。

搬家出力的，是几个农民工兄弟。农民工兄弟非常卖力，一切行动听指挥。差不多的时候，男友叫C姑娘到便利店里喝东西。C姑娘提出，给几个农民工兄弟一人买瓶水。男友说，不必，因为当时谈好了价钱，没有买水这一项。C姑娘不好坚持，就算了。

终于搬完了，一切妥妥的。结账的时候，男友勃然大怒，原因是农民工兄弟不能提供发票。

农民工兄弟说：当时没见你跟老板提发票的事啊。男友说得头头是道：这还要说吗?

农民工兄弟只好联系老板，可是电话通了死活没人接。

农民工兄弟要赶着去另外一个小区搬家，于是商量：少给二十块钱，抵发票，行不行?

男友又是头头是道：这是法治社会，一切按商业规则办!

农民工兄弟都快要哭了。

4

A 姑娘的大老板男朋友，最大的问题是：不懂礼貌，不尊重人，以为自己有钱，是买方市场，所有人都必须二十四小时恭候着他。

B 姑娘的宝马男朋友，最大问题是：表面很大方，其实打心底里瞧不起人，他的善良叫伪善。给了乞丐钱还厌恶人家，不如不给。不给是你的权利，或者说你对这个群体有自己的认识，没人对你道德绑架。

C 姑娘的男朋友，最大的问题是：心肠比石头还硬！有一天假如他对女人狠起来，我都不敢想象！为一张破发票，为难最底层的农民工，还嚷嚷“法治社会”“商业规则”。你这么厉害，你咋不上天呢！

你连灵魂都没有，谈什么“灵魂伴侣”

1

第一个故事。

一个小伙子，参加过我的私人读书会。他的人生信条，都写在微博、微信的标签上：在路上。他说，他要找的灵魂伴侣，就是能跟自己说走就走、永远在路上、睡得了帐篷经得住蚊子咬、看着星星一句话不说也特美好的那种。

我到北京前一个月，他告诉我喜讯：“找到啦，灵魂伴侣耶！”这个女生，和他一样，酷爱旅行，是“背包族”。他们是在一个微信群里认识的，说到要去印度、尼泊尔，两人一拍即合。两人在异国他乡，非常默契，确确实实是睡得了帐篷经得住蚊子咬，看着星星一句话不说也特美好。都说一对男女到底合不合适，去旅行一次就检验出来了。显然，他们经过了检验。

故事转折发生在旅行结束之后。两人回到城市，恢复了正常的工作、生活：闹钟叫醒、赶地铁、打卡、出差、加班、办公室政治……

两人见面的时候，脸色疲惫。拥堵的街道和此起彼伏的喇叭声，为他们配乐。小伙子说："突然觉得在路上的那对灵魂伴侣不见了，替换的是两个为一点小事抱怨对方、骂骂咧咧的人。"

然后……然后就没有然后了。

2

第二个故事。

一个女生，我的一个读者，大学毕业有五六年了。毕业后，这个女生回到家乡小城做了公务员，有房有车工作稳定优越感很强。她也写作，不过不是小说，是诗歌。小三十的岁数，在小城里，她是当仁不让的剩女。她不结婚的原因是"没找到灵魂伴侣"。

有一天，她说："灵魂伴侣出现了。"男方是同自己一个机关大院的小伙子。在一次活动中，她无意间了解到，小伙子跟刚获诺贝尔文学奖的鲍勃·迪伦一样，写诗，弹吉他，唱民谣。两个人在严谨刻板的机关大院里谈起诗歌，那种感觉特别庄严，哎哟，说不出来的美好。

两人都想到了结婚。这时候，女生才发现小伙子不是公务员，连事业编制都还不是。完了！她心里超级失落。家人知道后不同意，她自己默默地站在了家人一边。

然后……然后就没有然后了。

3

第三个故事。

一个男生一直觉得自己的灵魂伴侣要么不出现，一旦出现，肯定这辈子再也不会分离。他的理由是：“我太了解我自己了，在我生命中，摇滚最重要，如果那女孩也喜欢摇滚，能谈到一起，灵魂伴侣必是她无疑。”

他喜欢的摇滚还是特别偏门的那种，能和他谈到一块儿的还真是少，所以他单身了好久。

去年年底，在迷笛音乐节上，他还真偶遇了这么一位有共同爱好的女生。一顿热烈的追求之后，两人恋爱了，在一起的时候特有共同话题，特默契。

半年后，两人闹矛盾了。原因特别搞笑：他突然讨厌摇滚乐了，觉得现在的摇滚都特别“伪”，他喜欢上了宗教音乐。于是，话不投机半句多。

然后……然后就没有然后了。

4

三个人，都是口口声声要找“灵魂伴侣”，然后找到“灵魂伴侣”又拜拜了。

他们根本不明白什么叫灵魂伴侣。

第一个故事里所谓的“灵魂伴侣”，说白了就是玩伴，旅行的时候当然很“灵魂”，吃香的喝辣的抱暖和的，好山好水好悠然。回到正常的生活，优哉不再，享受不再，“灵魂”没了。

第二个故事，所谓的“灵魂伴侣”其实是世俗的陪葬品。在那个女生的心中，“灵魂”最终还是比不上一个正式编制。她的“灵魂”是附加了外在条件的。

第三个故事，所谓的“灵魂伴侣”是一个伪命题。那个男生半年前喜欢 A，认为自己的灵魂伴侣就是 A。半年后，转成喜欢 B，灵魂伴侣又变了样。“灵魂伴侣”在他手里，就是一个游戏。

这个世界上到底有没有真正的灵魂伴侣，先不说，至少，很多人没明白什么是灵魂伴侣。

5

灵魂伴侣是什么？

美国当代卓越的心理治疗师托马斯·摩尔博士讲过一段话：“一个灵魂伴侣，就是一个我们感到自身与之深深联系在一起的人，好像彼此的沟通和交流不是出于刻意的努力，而是凭借一种‘神力’的指引。”

另外一个名字叫尼娜·拉克什·海德尔的心理学家也说过一段话：“如果我们不能了解自己对爱情的信念，洞悉灵魂的本质，观照内在滋养我们灵性的光，真正认识自己，打破灵魂伴侣在世界一角等着我们去寻找的想法，一直让自己陷入寻找灵魂伴侣的迷思而饱受压力和失望，孤独残年必将是我们生命的最后写照。因为灵魂伴侣不是找来的，而是吸引来的。”

我觉得这两段话综合起来，灵魂伴侣是什么就容易理解了。灵魂伴侣不是“出于刻意的努力”找而来的，是“真正认识自己”才吸引来的，也就是说，灵魂伴侣不附加太多“灵魂”之外的条件，首先需要你自己了解自己，需要你人格健全。

很多人自己都不了解自己，自己都没灵魂，谈什么“灵魂伴侣”，扯！

6

这个世界上到底有没有灵魂伴侣？

我相信是有的。

但是，是不是每个人这辈子必须要找到灵魂伴侣？我认为，大可不必。因为，灵魂伴侣可遇不可求。

相反，先把日子过好，当一个合格的人生伴侣，这更重要。

关于“要不要结婚”的9句话

1.结婚首先是一件美好的事。一男一女碰到了，决定用庄严的仪式，结合在一起，一起开创新的自己，组建新的家庭。

2.不结婚，也不是一件糟糕的事。你自己想通了、决定了，然后享受一个人的快乐，当然也要承担一个人的不便，这就可以了。任何事都是双刃剑。

3.既然选择独身，那么，承受阻力、化解压力，也是你必须要面对的，不要抱怨或者泄愤。现在很多人要独身，尤其是女生，可能会受到一些阻力和压力。其中主要是父母的不理解和催逼。但这个观念会改变的。事实上，现在已经改变了很多。

4.其实，古今中外，很多坚持独身的女子，都是经济条件不错、学历蛮高的人。我们国家古代有“自梳女”一说，就是讲广东珠三角的一些女子，不甘受封建礼法束缚，独立谋生，矢志不嫁。“自梳女”人数在晚清至民国前期达到高峰。

5.但有时候需要警惕，有的人之所以选择独身，是因为他自身条件不行。有的人，年轻时不奋斗，不走正道，好吃懒做，岁数越大越找不到对象，没人娶，没人嫁，然后自己给自己找了个借口：“俺是独身一族。”

6. 另外，需要提醒的是：很多一开始嚷嚷要独身的人，到了一定年纪，又反悔了，想有个家。结果，错过谈婚论嫁的好年纪，难了。这也是需要自己承担的。生活中的类似情况，还有“丁克”夫妻们。

7. 如果你不是社会学家，少去琢磨现行婚姻制度是不是“反人性”，未来婚姻制度会不会“解体”。好好生活，保持正常的社交，缘分来了，碰到合适的人，坦诚相处就可以了。同时，让爱情单纯一点。这样，待到水到渠成、瓜熟蒂落时，结婚也就自然而然了。

8. 结婚后，会不会后悔？天下哪有十全十美的事。有句话是这么说的：结婚会后悔，不结婚也会后悔。

9. 如何让自己的婚姻美满？很简单，你把自己搞厉害点。你要修养有修养，要成功有成功，人以群分物以类聚，你找的对象自然不会差到哪里去。两个三观基本一致、条件都不错的男女结合在一起，稳定系数相对来说高很多。

另外，结婚后最重要的素质是什么？

独立。男女都要独立。男人要独立，就不用说了。这里特别提醒女人一点：女人也要独立。这个“独立”跟男人有没有本事没关系。男人没本事，你要独立；男人有本事，你也要独立。独立是对自己的刚性要求。

婚姻的“十二字共识”

朋友圈里有一篇文章，流传蛮广的，内容是陈道明评论王菲的婚姻。文章说：

婚姻不再是传宗接代的契约。如果一个人决定要离开你了，只有一个简单的原因，你不能再给予她能量了。王菲，她的生命早早就走到了灵性需求的层面，可惜，她的伴侣无一能在这个层面满足她，更别说在更高的层面引领她，教练她，她的能量一直无法得到回补。

这篇短文是不是陈道明写的，暂且放一边。这篇文章这么火，说明它引起了大家的共鸣：你我这种平凡之人，都渴望一段高境界的婚姻。同时，我们又发现，这样的境界，可望而不可即。从那些词句华丽的鸡汤中抽身出来，回到柴米油盐，发现离婚并不是挥挥手不带走一片云彩。

有句话说得有点绝对但不乏道理：离婚从来都是有钱人的游戏，穷人连离婚的勇气都没有。自由是一种能力，大部分人都没有能力自由。所以，这个世界上，王菲只有一个。

从这个角度说，那些一味鼓励大家追求不食人间烟火、神仙般的、灵与肉水乳交融的婚姻的言论，是需要警惕的。高境界的事多的是，比如比尔·盖茨亿万身家全部捐出一分不留，大德高僧看破红尘不为任何事忧愁，我们可以心向往之，但不是必须这样，一定这样。

陈道明笔下的婚姻，我们达不到，也不必强求达到。

那么，我们到底需要一个什么样的婚姻？

我想起一个故事：大一的时候，我帮老师做了一个问卷调查，叫了一百个中年男女过来，每个人发一张白纸，让他们在纸上写下对另外一半最不满意的事情。中年男女接到纸后，奋笔疾书，下笔如有神啊。有一个哥们很快交了卷：一个字没写，白卷。我故作成熟地说："夫妻关系就应该像你这样，不能有任何的挑剔。"谁知，这哥们慢悠悠地说："你们才发一张纸，根本不够我写，我就懒得写了。"

这个故事，我参加很多电视节目时说过，大家听了哈哈一阵笑。很多人说，现在离婚率这么高，是因为社会变革导致夫妻关系变化了：比如网络让夫妻关系变寡淡了，比如女性地位高了挣钱多了让夫妻关系变得复杂了，男的应酬多了女的出差也多了也让夫妻关系变坏了，等等。我就说，夫妻关系这东西，从来就没好过。你看我读大学那个时候，遥远的九十年代中后期，互联网还没出现，一百个中年男女拿到白纸后，想到要控诉自己的另一半，哪个不是血脉偾张、斗志昂扬？我甚至想，要放在唐朝，甚至推远点，汉朝，三国时代，任何一个朝代，给中年夫妻一张白纸，他们照样是奋笔疾书，下笔如有神。

至于网络啊、女性解放啊、出轨的机会啊，要我说，这都是外在的东西。根本的东西是什么？是人，是人的本性。“男人来自火星，女人来自金星”，外国人的这一句话，把所有问题都讲透了。这句话就是告诉你，男女是两个物种，夫妻不和、有矛盾是正常的。

“男人来自火星，女人来自金星”，必须要有这个共识。我叫它：十二字共识。

可怕的是，很多人没有这个认知。他高估了结婚证这张纸的力量，认为结婚了，人就一定会变，变成自己想象中的样子。一旦有了这种想法，痛苦就开始了。结果就是，一有问题一不爽，就想一离了之。

好的婚姻关系，就是认识到人与人天生不是天造一对地设一双的，不是鱼水之情水乳交融的。有了这个共识，男女这两股纠缠在一起的麻绳，会逐渐松弛，人就放轻松了，人一放轻松，解决问题的方法也多了很多。一切，举重若轻。

举重若轻，不也是很高的境界吗？

附录：

送你十个锦囊

如果你已经二十岁了，请打开这十个锦囊

1. 最最重要的一条，记住你是年轻人。你一个二十郎当岁的年轻人，谈“佛系”，谈看淡一切，这不是扯淡吗！实话告诉你，佛都不愿意看到你这样。

2. 正确认识小确幸。我说过，“小确幸”的准确内容，不是喝杯星巴克咖啡，吃份七分熟牛排，看个爆米花电影，睡个自然醒美容觉。这是很狭义的理解。它的外延还包括对外部世界的关注与关心，对精神世界的追求，对理想的不放弃。

3. 是啊，世道艰难，人家有背景，你只有背影。但这不是你立地成佛的理由，更不是你“踩着西瓜皮滑到哪里算哪里”的借口。奋斗、奋斗、奋斗！二十几岁不奋斗，活该你没出息。

4. 读书、读书、读书。说功利点，这是一个人人都不读书的时代，你稍微读点书，你就与众不同了。读书是最便宜的进步方式。要成为某个领域的小专家，先买十几本书回来啃，啃完了稍微转化一下，你可以唬住很多人，也可以实现所谓的知识变现。这都是奥秘。别人不会说，我说给你听。

5. 跨界、跨界、跨界。别总说未来是机器人时代，我告诉你：现

在已经是机器人时代，未来已来。跨界不是让你频频跳槽、换行业，而是让你用多领域的知识武装自己，让自身具备差异性、独特性和不可取代性。未来三十年，不跨界、不斜杠，迟早会被机器人干掉。

6. 尝试、尝试、尝试。360度无死角，打开身心，海纳百川。年轻人，最喜欢说我自己适合这个，不适合那个。你的判断往往是错的。

尝试过后，再做判断。你最不喜欢的，往往是最适合你的。

7. 认清社交的本质。社交的本质是等价交换。自己没料，认识再多大咖都是白费。

8. 跩一点。年轻就是要自命不凡。自命不凡之后，就是证明自己确实不凡。于是，暗暗下功夫偷师学艺，形成良性循环。一大桌人吃饭，被人欣赏或者记着的，一定不是说话四平八稳的年轻人，而是那个锐气十足的毛头小伙。

9. 学会时间管理。每天忙而不乱，追求效率。

10. 大好时光，记得谈恋爱。

如果你已经三十岁了，请打开这十个锦囊

1. 请停止抱怨。别抱怨自己出身于平民家庭，别抱怨自己没上一个好专业，别抱怨二十几岁蹉跎岁月。三十岁，抱怨是毒品。

2. 三十岁，人生大方向该定下来了。自己的个性、优势、劣势、长处、短处，该了解得七七八八了。定了就勇敢向前，心无旁骛。一路上会有各种声音，有的是为你好，有的是随口一说。不要被这些声音干扰。别人随便放个屁，你就放弃了？不要这么蠢！ OK？

3. 三十岁，要有品牌意识了。可口可乐是品牌，你也是品牌。每个人都是一个品牌，维护好自己的品牌，擦亮自己的品牌。你是搞创意的，那么你发的每一条朋友圈就要有创意。你是老师，就不要说脏话。微博、微信都是你的广告牌，而不是吐口水的地方。别忘了，大家都看着呢。

除此之外，一定要讲信用，否则品牌极容易毁于一旦。金杯银杯不如老百姓的口碑啊。

4. 二十几岁广积粮，三十几岁要深挖洞。所谓“深挖洞”，就是在某一个领域，让自己成为小专家。不管是帮别人打工，还是自己当老板，这是安身立命的不二法则。

5. 重视趋势，但不能迷信趋势。打个比方，基于互联网的创业是趋势，但它未必适合你。你要有所判断，而不是一味跟风。不是任何一只猪站在风口上都可以飞的。

6. 独立思考很重要。你不再是三岁小孩，吃了三十多年的饭，对人情世故应该有所了解。对人对事，要有自己的判断。独立思考的好处是，能发现别人发现不了的机会，也就是所谓的“蓝海”。

7. 认清人性。人性就是人具有复杂性，天使和魔鬼共存于一身。不再以貌取人，不再一棍子打死，从而变得圆融，开始有智慧。看问题不再又傻又天真。又傻又天真，在二十几岁是个性，到了三十几岁还这样，那是妖性。

8. 压力山大是必然的，隐忍负重是必须的。除了扛住，没有别的办法！运动是最佳减压方式，但人往往在三十岁之后，就不爱运动了。捡起它！

9. 懂得拒绝，学会独处，拥抱大自然。

10. 结婚了，既然不做丁克，能早点生娃还是早点生娃吧。早比晚好。

如果你已经四十岁了，请打开这十个锦囊

1. 想通一个道理：人需要的东西并不多，但想要的东西太多。想通了，人就通了；想不通，继续痛苦。

2. 求官求财，不如求自在。

3. 人到四十，男的开始理解父亲，女的开始理解母亲。并且发现，自己就是父母的翻版，父母身上的毛病自己身上都有。终于和解了，那就好好爱父母。他们真的老了。

4. 过减法生活。少就是多。庄子有言：虚则静，静则动，动则得。我总结成“虚静则得”。男人衣柜里有几件像样衣服就可以，女人也不必像逛超市一样买买买。知己，得一足矣。没有，也不可怕。你最需要的是跟自己交流。

5. 不要怕中年危机。中年危机的本质是时间的危机。人都害怕老去，所以有焦虑，有危机。是个中年人都会有危机。时间是唯一的解药。别怕，别多疑。

6. 除非是公事应酬，否则超过四人的聚会，尽量不参加，基本上是浪费时间。

7. 人到中年，不应有恨。优雅的中年就是爱和包容。

8.重读一本书，反复听一首歌。听罗大佑，听李宗盛。李宗盛的《山丘》，先看着歌词听，明白歌里唱什么，再闭上眼睛听，听到自己泪目。

9.尝试静读哲学和宗教一类的书。叔本华、尼采、《圣经》、禅宗，都可以。因为这些书会帮助人认识死亡。死亡也是一门认知课。

10.出远门的时候，还是带上保温杯吧。

图书在版编目（CIP）数据

慢崛起 / 钟二毛著. — 宁波 ： 宁波出版社,
2019.7（2023.1重印）
ISBN 978-7-5526-3501-0

Ⅰ. ①慢… Ⅱ. ①钟… Ⅲ. ①散文集－中国－当代
Ⅳ. ①I267

中国版本图书馆CIP数据核字（2019）第044581号

慢崛起

著　　者　钟二毛
出版发行　宁波出版社
地址邮编　宁波市甬江大道1号宁波书城8号楼6楼　315040
网　　址　http://www.nbcbs.com
出版策划　苏　辛　午　歌　孙小天
责任编辑　陈姣姣　梁建建
执行编辑　张　溟
责任校对　尤佳敏
装帧设计　仙境设计
印　　刷　三河市嵩川印刷有限公司
开　　本　880mm×1230mm　1/32
印　　张　8.5
字　　数　200千字
版　　次　2019年7月第1版
印　　次　2023年1月第2次印刷
标准书号　ISBN 978-7-5526-3501-0
定　　价　49.80元
